아르슬란 전기

6
어지러이 피는 모래폭풍

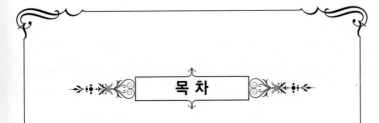

목차

제1장 육지의 도시와 물의 도시   *009*

제2장 남해의 보물   *053*

제3장 열왕의 재난   *095*

제4장 무지개 항구   *143*

제5장 어지러이 피는 모래폭풍   *193*

주요 등장인물

○파르스

아르슬란: 파르스 왕국 제18대 샤오(국왕) 안드라고라
스 3세의 왕자.

안드라고라스 3세: 파르스 샤오.

타흐미네: 안드라고라스의 아내이자 아르슬란의 어머니.

다륜: 아르슬란을 섬기는 마르즈반(만기장萬騎長).
별명은 '마르단후 마르단(전사 중의 전사)'.

나르사스: 아르슬란을 섬기는 전前 다이람 영주.
미래의 궁정화가.

기이브: 아르슬란을 섬기는 자칭 '유랑악사'.

파랑기스: 아르슬란을 섬기는 카히나(여신관).

엘람: 나르사스의 레타크(몸종).

히르메스: 은가면. 파르스 제17대 샤오 오스로에스
5세의 아들. 안드라고라스 3세의 조카.

잔데: 히르메스의 부하.

암회색 옷의 마도사: ?

자하크: 사왕蛇王.

키슈바드: 파르스의 마르즈반.
별명은 '타히르(쌍검장군)'.

아즈라일: 키슈바드가 키우는 샤힌(매).

쿠바드: 파르스의 마르즈반. 애꾸눈 장한.

루샨: 아르슬란을 섬기는 사트라이프(왕자 보좌).

이스판: 죽은 마르즈반 샤푸르의 동생.
　　　　별명은 '파르하딘(늑대가 키운 자)'.

자라반트: 아르슬란을 섬기는 옥서스 지방 영주의
　　　　　아들. 뛰어난 완력의 소유자.

투스: 아르슬란을 섬기는 전 자라 지방 수비대장.
　　　철쇄술의 고수.

알프리드: 조트 족장의 딸.

메르레인: 알프리드의 오빠.

구라즈: 길란의 해상상인.

샤가드: 길란에 사는 나르사스의 옛 친구.

○루시타니아

이노켄티스 7세: 파르스를 침략한 루시타니아의 국왕.

기스카르: 루시타니아의 왕제王弟. 국정의 실권을 장악
　　　하고 있다.

몽페라토: 장군.

보두앵: 장군.

에투알: 본명은 에스텔. 루시타니아의 수습기사 소녀.

○ 신두라

라젠드라 2세: 라자(국왕). 자칭 아르슬란의 벗.

자스완트: 아르슬란을 섬기는 신두라인.

○ 투란

토크타미시: 제14대 카간(국왕).

일테리시: 선왕의 조카. 아버지는 다륜과 싸워 목숨을
　　　　　　잃었다.

타르칸: 장군.

카를룩: 장군.

짐사: 장군.

○ 마르얌

이리나: 마르얌 왕국의 공주.

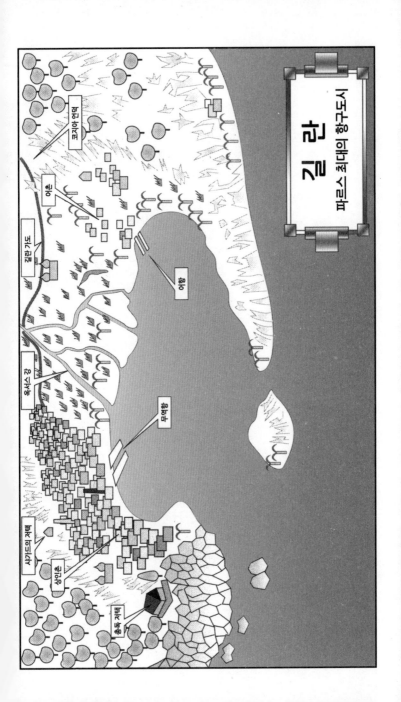

제1장 육지의 도시와 물의 도시

I

   강렬한 여름 햇살이 일렁이는 아지랑이를 피웠다. 올려다보면 하늘은 푸르며 그 전체가 빛나는 원반이 되어 지상을 뒤덮는 것 같았다. 달도 별도 모습을 감춘 채, 그저 지친 태양이 서쪽의 침소로 향할 시간만을 기다리는 것이 아닌가 싶었다.

  파르스력 321년 6월 20일.

  파르스의 왕도 '아름다운 엑바타나'는 6월 하순 햇살 아래 졸고 있는 것처럼 보였다. 그러나 도시는 졸고 있어도 도시에 기생하는 인간들은 기분 좋은 잠에 몸을 맡길 수 없었다. 특히 엑바타나를 점령한 루시타니아인들은 평온함과는 거리가 멀었다.

　루시타니아의 왕제이자 사실상의 최고권력자인 기스카르 공작은 서른여섯 살의 정력적인 얼굴에 씁쓸한 표정을 띠고 집무실 안을 우왕좌왕했다. 조금 전 궁정서기관이 그를 찾아왔기 때문이다. 서기관은 불길한 표정으로 불길한 보고를 가져왔던 것이다.

　"드디어 물이 부족해졌습니다. 물이 없으면 싸우기는커녕 살아갈 수조차 없습니다. 대체 어떻게 하면 좋을지……."

　물이 부족하리라는 사실은 겨울 무렵부터 알았다. 대주교 보댕이 기스카르와 결정적으로 대립하여 마르얌 왕국으로 도망치면서 용수로를 파괴하고 갔기 때문이다. 물의 중요성을 잘 아는 기스카르는 상당히 많은 인원을 동원해 용수로를 복구하려 했지만 좀처럼 마음먹은 대로 되지 않았다. 파르스의 우수한 수리기술자들이 루시타니아군에게 살해당하고 말았던 것, 수리기술 서적을 보댕이 모조리 분서해버렸던 것, 병사들이 안락한 생활에 찌들어 힘든 공사를 싫어하게 된 것, 파르스군의 전면공세가 시작되어 귀중한 병력을 공사에 돌릴 여유가 사라진 것 등등 온갖 이유가 겹쳐져 복구공사는 아직 예정의 절반도 마치지 못했다.

　일단 파르스인 3만 명 정도를 징발해 채찍과 사슬로

공사를 시키기는 했지만, 파르스인들이 기꺼이 일을 할 리가 없었다. 특히 루시타니아군이 두세 차례에 걸쳐 파르스군에게 패배했다는 소식이 전해진 후로는 도망치는 자들이며 반항하는 자들이 속출했다.

도망이나 반항에 대한 본보기로 형벌을 강화했다. 한쪽 팔을 자르고, 한쪽 눈을 없애고, 나아가서는 목까지 땅에 파묻고 머리에 육즙을 끼얹은 다음 굶주린 개를 풀어놓는 짓까지 했다. 이러한 본보기가 잔학해지면 잔학해질수록 파르스인들은 루시타니아인에게 반감과 증오를 다져나갔다. 그야말로 출구 없는 미로를 걷는 상황이었다.

"어느 시점에서 끊어버리지 않고선 도저히 어쩔 방법이 없겠군. 언제쯤 차분하게⋯⋯."

차분하게 왕위찬탈에 착수할지.

그렇게 생각은 하되 입 밖에 내지는 않았다. 얼마 전, 아무짝에도 쓸모없는 형왕 이노켄티스 7세를 파르스 왕궁 한 곳에 유폐했으나 죽인다는 결단은 아직 내리지 못했다. 아니, 이제는 죽일 수밖에 없겠지만 문제는 시기였으며, 누구에게 국왕을 살해했다는 죄를 뒤집어씌울지도 생각해야 한다. 그 점을 명확히 하기 전에는 기스카르도 마지막 결단을 내릴 수가 없었다.

선처를 약속하고 일단 서기관을 돌려보내자 곧바로 다

음 방문객이 나타났다. 기스카르의 하루는 방문객과의 접견으로 오전이 다 지나가버린다. 한 명에게 오랜 시간을 할애할 수가 없다. 새로운 방문객은 파르스의 갑주를 걸친 키가 큰 사내였다.

"상당히 난처하신 모양이오, 왕제 전하."

정중하나 독이 깃든 목소리는 은색 가면 안에서 새나왔다. 이자가 파르스 제17대 샤오(국왕) 오스로에스 5세의 아들이며 이름이 히르메스란 사실을 루시타니아인 중에서는 기스카르만이 알고 있다. 히르메스와 기스카르는 모두 왕족이며, 둘 다 왕을 증오하고 왕위를 자신의 것으로 삼으려 한다. '초록동색'이라고 한다면 히르메스도 기스카르도 매우 언짢아할 것이다. 내심 그렇게 생각하는 만큼 더더욱.

지하감옥에 유폐되었던 안드라고라스가 왕비 타흐미네와 함께 탈출했다. 기스카르를 인질로 잡아서. 그 사실을 알았을 때 히르메스는 한순간 아연실색하고 다음에는 미친 듯이 분노했다. 당연한 일이었다. 그가 온갖 책모를 다 짜내고 무용을 발휘하여 겨우 사로잡았던 원수를 호락호락 도망치게 만들었으니.

"실례지만 왕제 전하의 행동치고는 참으로 서툴렀다 하지 않을 수 없겠소. 무력한 포로가 되어버린 안드라고라스 따위에게 당하다니. 아니면 루시타니아군이 어지간히 약했던 것인지?"

히르메스는 필사적으로 분노와 실망을 억누르고 있다. 그러나 분통한 것은 기스카르도 마찬가지였다. 안드라고라스 때문에 인질이 되고 사슬로 묶여 바닥에 나뒹구는 굴욕을 맛보아야 했다. 그랬는데 마치 무능한 자를 대하듯 비난을 당하니 기분이 좋을 리가 없다. 기스카르는 내뱉듯 대답했다.

"자네 말대로 서툰 짓이었음은 인정할 수밖에 없네. 그러나 가장 큰 실수는 안드라고라스를 살려둔 것이었지. 냉큼 놈을 죽여버렸다면 놓치는 일도 없었을 것을, 쓸데없이 말참견을 해 놈을 살려두라고 주장하던 자가 있어서 말이지."

"……내 탓이란 말씀이시오?"

히르메스의 안광이 은가면 너머로 기스카르의 얼굴을 후벼팠다. 기스카르는 흠칫했으나 표면으로는 드러내지 않고 대답했다.

"누가 그런 소릴 했나. 어쨌든 옳았던 것은 그 보댕 놈뿐이었던 셈이지. 얄궂게도."

교묘하게 말을 돌리니 히르메스도 노기를 꺾어야만 했다. 어쨌든 두 사람 모두 이 자리에서 결렬하는 일만은 피하고 싶었다.

"이렇게 되니 보댕 놈이 없는 것이 참으로 다행이오."

히르메스는 다소 서툴게 화제를 전환했다. 기스카르도 일부러 고개를 끄덕였다. 문득 중요한 사실을 깨달은 히르메스가 이번에는 진심으로 다른 이야기를 꺼냈다.

"그렇다면 안드라고라스의 자식놈은 어떻게 하고 있소? 아비와 행동을 함께하고 있는지."

"그것까지는 모르겠네. 확실한 것은 안드라고라스가 전군의 병권을 회복했다는 점이야."

그 무시무시한 사내가 정강한 파르스 병사를, 그것도 대군으로 이끌고 엑바타나에 쇄도한다. 그 광경을 상상하니 기스카르의 온몸에 오한의 창이 꽂혔다. 기스카르는 결코 겁쟁이가 아니었다. 그러나 안드라고라스에 대한 공포는 증오만큼이나 강했다.

어처구니없는 계산착오를 저지르고 말았던 것이다. 안드라고라스와 아르슬란이 병권을 두고 대결하여 파르스군이 분열하리라 보았거늘, 안드라고라스는 순식간에 파르스 전군을 장악하고 아르슬란을 추방해버렸다. 기스카르가 이간책을 강구할 틈도 없었다. 아르슬란이라는 왕자도 참으로 유약한 소년이 아닌가.

이렇게 되니 기스카르는 애먼 아르슬란에게 이기적인 분노를 품고 있는 상황이었다.

히르메스도 궁리를 해야 한다. 이런 상황에서 누구든 생각할 수 있는 책략이라면 안드라고라스의 파르스군과 기스카르의 루시타니아군을 싸우게 하여 공멸시키는 방법이 있을 것이다. 그러나 기스카르의 입장에서는 안드라고라스와 히르메스의 공멸이야말로 이상적인 결과이다. 또한 그들은 서로 상대의 본심을 잘 안다. 그리고 상대를 전혀 신뢰하지 않는다. 게다가 얄궂게도 그들은 특히 책략에 관해서는 상담할 같은 편이 없어 자기 혼자만의 힘에 의존해야 한다. 더군다나 그들도 지금 당장은 서로를 완전히 적으로 돌릴 수 없으므로 표면적으로는 동맹관계를 지켜야만 한다.

참으로 기괴한 관계였다. 기스카르는 표정을 지우고, 히르메스는 은가면 안에 표정을 감춘 채 일단 대면을 마치기로 했다.

Ⅱ

생각해보면 자신은 지나치게 욕심을 부렸는지도 모른다. 기스카르는 다소 씁쓸하게 인정하지 않을 수 없었다. 파르스를 약탈할 대로 약탈하고 냉큼 고국 루시타니아로 개선해버리는 편이 나았을지도 모른다. 그러나 그래서는 루시타니아의 미래도 불안하다. 약탈한 재물을 다 먹어치우면 또 빈국으로 되돌아갈 뿐 아닌가. 어떻게든 파르스의 부를 영구히 루시타니아의 것으로 삼아야만 했다.

"그나저나 루시타니아에는 정말로 인재가 없구나. 하기야 그렇기에 내가 권세를 독점할 수 있지."

기스카르는 쓴웃음을 지었다.

보두앵이나 몽페라토는 기사로서도 장군으로서도 훌륭한 인물이지만 정치나 외교나 책략이나 재정 같은 방면에는 약하다. 그들을 전장에 보낸 후에는 모든 국정을 기스카르 혼자 힘으로 처리해야만 한다. 만일 보두앵이나 몽페라토가 파르스군에 패배한다면 그때는 기스카르 자신이 전장에 나가야만 한다. 아무래도 그날이 머잖은 것 같았다.

기스카르의 두통거리는 끊이지 않았으나, 그날 오후에는 여기에 또 한 가지가 추가되었다. 점심식사를 마치고 기스카르는 이례적인 면담을 가졌다. 귀족이나 기사나 관리가 아닌 무명 병사들과 만났다. 루시타니아 국내에서도 특히 가난한 북동부 출신 병사 대표 네 사람이 왕제에게 면담을 요청했던 것이다.

"왕제 전하, 저희는 고국으로 돌아가고 싶습니다."

기스카르의 앞에 무릎을 꿇고 나서 발언이 허용된 병사들의 첫마디였다. 기스카르는 말없이 눈썹을 움직였다. 이제까지 간접적으로 들었던 소문을 확실하게 접한 셈이었다. 그야말로 가난하고 배운 것 없는 지방 농민의 전형 같은 인상의 사내들을 둘러보며 기스카르는 고개를 끄덕여주었다.

"고국에 돌아가고 싶다라, 당연한 심정일세. 나도 고향에 대한 마음이 있네. 언젠가는 돌아가고 싶네만……."

여기까지 입에 담고 기스카르는 상대의 반응을 기다렸다. 병사들은 얼굴을 마주한 다음 입을 모아 주워섬겨댔다.

"이교도니 이단자 놈들을 백만 명도 넘게 죽였고요, 뭐랄까, 그, 신에 대한 의무도 쬐끔은 다했으니, 슬슬 돌아가고 싶네요."

"소인은 이교도 여자 셋하고 애들을 열 명이나 죽였습죠. 요전에도 술값을 안 낸다고 지껄이는 이교도의 갓난아기를 땅바닥에 패대기쳐 대가리를 박살내 버렸구요. 이 정도까지 했으니 이젠 천국에 갈 자격이 충분하지 않겠습니까요."

태연히 지껄이는 말에 기스카르는 자신도 모르게 목소리를 높이고 말았다.

"갓난아기를 죽여?! 왜 그런 쓸데없는 짓을 했나!"

그러자 병사들은 이상하다는 듯 눈을 껌뻑거렸다. 얼굴을 마주 보고, 더욱 이상하다는 듯 물었다.

"왜 화를 내십니까요? 이교도를 뿌리 뽑고 지상에 낙원을 세우는 게 신의 뜻 아니었습니까요?"

"맞아맞아. 좋은 이교도는 죽은 이교도뿐이라고 주교님도 그러셨어."

"이교도에게 정을 베풀어주다니, 악마에게 영혼을 파는 일이지. 왕제 전하 말씀 같지 않네요."

기스카르는 포고를 내 이교도라 해도 함부로 죽이지 말라고 명령했다. 그러나 이 병사들은 글을 읽지 못해 포고 내용을 몰랐던 것이다. 기스카르에게는 터무니없는 실수였다. 창졸간에 무어라 대답해야 할지 망설이고 있으려니 병사들은 더욱 무시무시한 소리를 담담하게 말했다.

"그러니 왕제 전하, 엑바타나에 있는 이교도 놈들을 하나도 남김없이 싹 쓸어버리죠."

"엑바타나에 있는 백만 이교도 놈들을, 계집이든 애들이든 전부 죽여버리는 겁니다요. 그러면 신께서도 우리의 신심을 인정해, 이젠 충분하다고 말씀하실 게 아닙니까요? 냉큼 놈들을 치워버리고 하루라도 빨리 고향으로 돌아가고 싶습니다요."

'이 미친놈들······.'

기스카르는 마음속으로 신음했다.

그러나 그들의 광기와 망언을 이용하여 루시타니아에서 멀리 파르스까지 정복의 여정을 걷게 한 자는 기스카르 자신이었다. 그렇게라도 하지 않고서는 루시타니아

백성들을 고향에서 떼어내 원정을 시킬 수가 없었다. 몇 년이나 전에 먹였던 독약이 아직까지 효력을 발휘하는 셈이었다.

'스스로 만든 올가미로 내 목을 조이게 된 모양이구나.'

기스카르는 망연자실했다. 두통을 느낀 그는 간신히 병사들을 말로 다독여 일단 퇴실시켰다. 문제를 잇달아 미뤄놓다니 기스카르에게는 탐탁지 않은 방식이었으나 이 경우에는 달래는 것 말고는 방법이 없었다.

사람이 사라진 방에서 비단을 씌운 호화로운 의자에 몸을 묻은 기스카르는 언짢은 표정으로 생각에 잠겼다. 술을 마실 마음도 들지 않아 그는 음습하게 혼잣말을 중얼거렸다.

"나 원. 이런 꼬락서니이니 어쩌면 살아서 고국에 돌아갈 수 없을지도 모르겠군."

이 정도로 비관적인 마음이 든 것은 기스카르에게는 처음 있는 일이었다.

"아니, 말도 안 되지. 전군의 절반을 잃어도 나 하나만은 루시타니아로 살아서 돌아갈 테다."

황급히 자신을 타일렀다. 그리고 또한 깜짝 놀랐다. 살아서 돌아가겠다는 생각부터가 이미 패배주의 아니겠는가. 기스카르는 크게 심호흡을 했다. 우선 싸워서 이

길 생각을 하자. 설령 야전에서 패배하더라도 엑바타나의 성벽은 난공불락이다. 어떻게든 물을 확보해 농성도 가능한 태세를 취하는 것이다. 그리고 안드라고라스를 자멸케 할 수단을 강구하자. 반드시 놈에게 본때를 보여주고 말리라.

기세를 실어 기스카르는 의자에서 일어났다. 당장은 조금 전 자신에게 쳐들어왔던 위험한 광신자 놈들을 엑바타나 성 밖으로 쫓아내야 한다. 그 생각을 실행하기 위해 그는 보두앵 장군을 부르기로 했다.

엑바타나 지하 깊은 곳에는 태양도 없으며 사계절의 변화도 없다. 시커먼 어둠이 고여 있고 공기는 냉기와 습기로 가득하다. 흙과 돌이 몇 겹으로 쌓여 지상에서 들어오는 빛을 가로막고, 지상의 지배마저 차단한다.

그렇다고는 하나 완전한 어둠 또한 기피되는 법인지, 그 방에서는 조그만 광원이 힘없고 병든 빛을 주위에 드리웠다. 그 빛이 마도사가 두른 암회색 옷을 한층 불길하게 어둠 속에 드러내주었다.

마도사 주위의 제자들 또한 같은 색의 불길한 옷으로 몸을 감싸고 주위의 암흑에서 흘러드는 무색 독기를 빨아들이는 것처럼 보였다. 흉흉한 침묵을 깨뜨리며 한

제자가 슬쩍 입을 열었다.

"존사님."

"무슨 일이냐, 구르간."

"히르메스 왕자도 철저히 악해지지는 못할 인물인 모양이옵니다."

"당연하지. 놈은 원래부터 세상에 정의를 펼치려고 이 사태를 일으켰으니."

"정의 말씀이시옵니까?"

"그렇고말고. 놈은 정의의 왕자님이니까."

악의를 담아 마도사가 웃었다. 원래 사왕 자하크를 신앙하는 교의에서는 악이야말로 세계의 근원이다. 정의란 '악을 부정하는' 존재일 뿐이다. 자신 이외의 존재를 악으로 규정하고 무력으로 격멸하려는 것이 정의다. 그리고 정의가 대량으로 피를 흘리면 이는 사왕 자하크의 재림을 초래할 악의 최종 승리로 이어진다.

"6월도 거의 다 지났다. 달이 바뀌면 엑바타나는 유혈의 늪지가 되리라. 파르스인과 루시타니아인이, 파르스인과 파르스인이, 루시타니아인과 루시타니아인이, 흐흐흐, 얼마나 많은 정의가 대립하는 자들의 피를 대량으로 탐하게 될는지."

마도사는 자신의 정의를 증명하기 위해 피를 흘려야만 하는 지상의 인간들을 비웃었다. 몇 가지 오산은 있었으나 지상의 대세는 마도사가 바라는 방향으로 흐르고 있었다.

'사왕 자하크 님이시여. 굽어보소서.'

마도사는 마음속으로 공손히 기도했다.

'곧 어리석은 인간들의 피가 폭포가 되어 데마반트 산지하로 흘러 들어갈지니. 그때야말로 옥체가 지상에 재림하실 순간이옵니다…….'

III

여름 태양은 빛의 물방울이 되어 일행의 머리 위에 쏟아졌다. 파르스 왕국의 중앙부를 동서로 관통하는 니무르드 산맥을 넘어 남부 해안을 향해 길을 가는 조그만 기마집단은 왕태자 아르슬란과 그의 부하들이었다.

총 인원은 여덟. 아르슬란 외에 마르즈반 다륜, 다이람 지방의 옛 영주 나르사스, 자칭 유랑악사 기이브, 카히나(여신관) 파랑기스, 나르사스의 레타크(몸종) 엘람, 조트 족장의 딸 알프리드, 그리고 신두라인 자스완트였다. 그들의 머리 위에 날개를 펼친 준민한 샤힌(매) 또한 잊어서는 안 될 것이다. 이름은 아즈라일이라고 한다.

파르스 동방국경에 위치한 페샤와르 성새를 떠났을 때 그들은 갑주로 완전무장하고 있었다. 그러나 타오르는 계절에, 게다가 남쪽으로 향하는 중이었으므로 지금 그들은 갑옷을 벗고 삼베나 명주를 짜서 만든 하얀 여름옷을 입었다.

그들이 탄 말 여덟 마리 외에도 얼마 전 구입한 낙타네 마리가 있었다. 여기에는 여덟 사람의 식량과 갑옷, 무기 같은 것을 실었다. 낙타의 고삐는 엘람과 자스완트가 각각 두 마리씩 끌었다.

"10만 대군이 여덟 명으로 줄어버렸지만 보급 걱정이 없는 것만은 다행이군."

나르사스가 여름 바람을 뺨으로 받으며 말하자 다륜이 대꾸했다.

"고작 여덟 명의 식비에 고생을 해서야 너무 비참하지 않겠나."

"몸집이 큰 만큼 먹성 좋은 녀석도 있지만 말일세."

"누구 말인가."

"낙타 말일세. 달리 누가 있다고."

"아니, 난 그냥……."

파르스 최고의 지장과 파르스 최고의 용장은 어쩐지 민망해져 서로 애먼 방향을 바라보았다. 두 사람 모두 독설이 불발로 그치고 말았으므로 다음에는 뭐라고 해줄까 생각하는지도 모른다. 또한 안드라고라스 왕의 추격대가 따라올 염려도 겨우 사라져서 기분이 느슨해지기도 했다.

　부왕에게 쫓겨난 후로 여기까지 오는 7일 동안 아르슬란의 여행은 그럭저럭 평온했다. 산속에서 야생 시르(사자)와 맞닥뜨리기도 했으나, 이 맹수는 바로 전에 산양을 잡아 배불리 먹은 덕에 하품을 하며 인간들이 지나가도록 지켜보기만 했다. 습격을 당했을 때와 공식적인 사냥 때를 제외하면 인간도 어지간해서는 사자를 죽이거나 하지 않는 관례가 있다.

　"감히 마당을 지나가오. 옥체에 평안이 있으시길."

　그렇게 인사를 하고, 땅바닥에 늘어지게 엎드린 사자 앞을 지나갔다.

　그것 말고는 딱히 사건이랄 것도 없이, 일행은 항구도시 길란까지 앞으로 이틀이 남았다는 이정표에 도달했다.

　"그저 무탈하였노라."

　다소 유감스럽다는 투로 기이브가 중얼거렸으나, 그 감상은 지나치게 성급했던 모양이었다. 일행의 모습에 그림자를 드리우는 바위너설 안쪽에서 그들을 내려다보는 사내들이 있었던 것이다.

　그들은 매우 날래고 사나운 인상을 풍기는 기마 집단이었다. 험준한 바위너설에서 별로 어려워하는 기색도 없이 말을 몰았다. 머리에는 천을 감고 짧은 옷 안에는 사슬을 엮은 가벼운 갑옷을 껴입었다. 피부는 볕에 그을렸고, 두 눈은 날카롭게 빛나며 전투와 재물 양쪽을 탐내고 있었다. 인원은 마흔 명 정도였다. 사막의 도적으로 알려진 조트족의 사내들이었다. 요즘 그들은 지갑이 무거워 힘들어하는 여행자들을 도와줄 기회를 별로 얻지 못했다. 오랜만의 사냥감인 것이다.

"겨우 여덟 명이구만. 심지어 절반은 여자와 아이잖아. 문제도 안 되겠는걸. 해치울까?"

그 여덟 명이 파르스에서 가장 무서운 여덟 명이라는 사실을 알았더라면 도적들은 조금 더 신중해졌을 것이다. 또한 다륜이 흑의와 흑갑을 제대로 걸쳤다면 '흑의를 두른 마르단후 마르단(전사 중의 전사)'의 소문을 떠올리고 주의했을지도 모른다. 그러나 지금은 여덟 명모두 흔해빠진 여행자로밖에 보이지 않았다. 말의 기운을 북돋는 고함과 함께 마흔 기의 기마집단이 바위너설을 질주해 내려왔다. 흙먼지도 별로 일으키지 않으며 발굽 소리도 작은 교묘한 기마술이었다.

아즈라일이 나직하지만 날카로운 소리를 지르며 동행자들의 주의를 촉구했다. 열여섯 개의 눈이 바위너설로 향했다. 달려드는 시커먼 말 그림자를 본 기이브가 파랑기스에게 말을 걸었다.

"도적일까요?"

"그런 모양일세. 나 원, 기꺼이 제 몸을 불에 태우길 원하는 벌레도 있군."

"파랑기스 님, 사실은 저도 마음속에 타오르는 사랑의 불꽃 때문에 타 죽어버릴지 모른답니다."

"그러신가. 나는 가능하다면 그보다는 차라리 얼어 죽었으면 하네만. 뜨거운 것이 싫어서."

"그렇군요. 파랑기스 님은 뜨거운 목욕탕보다는 차가운 샘에서 물을 끼얹는 편을 좋아하신단 말이지요. 잘 기억해두겠습니다, 후후후."

"쓸데없는 상상 치우시게!"

긴장감도 없는 대화가 일단락되었을 때에는 여덟 명의 인간과 여덟 필의 말과 네 필의 낙타는 도적의 무리에게 반쯤 포위당하고 말았다. 이런 상태가 되기 전에 보통은 도적들을 향해 활을 쏘아야겠지만 이번에는 두 명궁이 바하네(만담)를 주고받는 바람에 다른 자들도 미처 활을 들 시기를 놓치고 말았다. 이제 그들의 주위에는 마흔 자루가 넘는 날붙이가 여름 햇살을 받아 빛의 샘을 만들고 있었다.

사내들의 시선이 파랑기스에게 집중되어 감탄의 술렁임을 일으켰다.

"어이쿠. 저렇게 멋진 여자는 본 적이 없는걸. 이런 걸 두고 은빛 달 같다고 하던가? 맛도 기가 막히겠지?"

"솔직한 이들이로고. 그 솔직함을 보아 용서해 드릴 터이니 얌전히들 물러나심이 어떤가. 살아남아 그대들에게 어울리는 여성을 찾으시도록 하게."

파랑기스는 매우 진지하게 말하였지만 사내들은 진심으로 받아들이지 않고 왁자하게 웃음을 터뜨리며 야유했다. 파랑기스가 슬쩍 눈을 가늘게 뜬 그때였다.

"우리한테 손댈 수 있으면 어디 해 보시지? 아무도 살아서 조트족 마을로 돌아가지 못할 테니까. 술에 흐리멍덩해진 눈 활짝 뜨고 내 얼굴을 똑똑히 보라구!"

알프리드가 말을 타고 앞으로 나와 새까만 보석처럼 반짝이는 눈으로 도적들을 노려보았다. 나머지 일곱은 어떤 이는 놀란 듯, 어떤 이는 재미있다는 듯 조트족 소녀를 바라보았다. 엘람은 알프리드가 파랑기스에게만 도적들의 인기가 집중되는 것이 아니꼬웠나 생각했지만, 그렇지 않았다. 도적들은 알프리드의 얼굴을 확인하더니 파랑기스 때와는 다른 분위기로 술렁였던 것이다.

"알프리드 님 아냐?"

"그러게, 헤이르타슈 족장님네 따님이잖아. 세상에, 이런 데서 마주치다니."

사내들의 술렁임에 만족하고 알프리드는 말 위에서 가슴을 젖혔다.

"다행히 다들 아직은 눈이 보이는 모양이구나. 건망증

도 심하지 않은 것 같아 다행이고. 그래, 난 헤이르타슈의 딸이다. 족장의 딸에게 검을 들이댈 거냐, 너희들?"

딱히 큰 소리를 지른 것은 아니었지만 효과는 충분했다. 법률도 군대도 두려워하지 않는 조트족의 사내들은 펄쩍 뛰어오르듯 말에서 내렸다. 검을 거두고 말 위의 알프리드를 향해 공손히 고개를 숙였다. 그리고 황급히 사정 이야기를 늘어놓았다.

알프리드의 오빠인 메르레인은 여동생의 행방을 찾으러 떠난 채 돌아오지 않고 있다, 조트족은 현재 중심을 이루는 여섯 연장자들이 합의제로 꾸려나간다, 하루라도 빨리 남매 중 한 사람이라도 돌아왔으면 한다, 그런 이야기였다.

"오빠는 대체 어디까지 가 버린 거람."

알프리드는 고개를 갸웃하지 않을 수 없었다. 설마 오빠가 마르얌 왕녀와 함께 다니고 있는 줄 어떻게 알겠는가. 파르스는 대국이며 땅덩어리는 넓고 가도는 많다. 서로 연락 없이 돌아다니면 어지간해서는 만날 기회도 없다는 사실을 알프리드는 새삼 잘 알았다. 조트족 소녀는 어깨를 으쓱했다.

"그야 뭐, 딱히 못 만난다 해도 내가 아쉬울 건 하나도 없지만."

박정하게 들리는 소리를 알프리드는 쓴웃음과 함께 입

에 담았다. 그녀는 오빠를 싫어하지는 않았지만 어려워하는 면은 분명 있었다.

"그런 것보다 너희에게도 소개해줄게. 이쪽은 아르슬란 전하. 파르스의 왕태자님이야. 난 지금 이분하고 동행하고 있어."

"왕태자……?!"

조트족 사내들이 깜짝 놀라 안장 위의 소년을 쳐다보았다. 샤오이니 왕태자니 하는 자들이 존재한다는 것은 알아도 실물을 본 적은 처음이었다. 아르슬란을 보는 눈빛은 존경으로 가득 찼다기보다는 신기한 동물을 쳐다보듯 호기심으로 넘쳐났다.

"아르슬란일세. 잘 부탁하네."

왕태자가 고분고분 이름을 대자 조트족은 다시 한 번 술렁였다.

"야, 들었어? 파르스어로 말한다."

"보통 사람하고 별로 다를 거 없는데?"

알프리드가 얼굴을 새빨갛게 물들이며 고함을 질렀다.

"너희들 예의도 지킬 줄 몰라? 이분은 언젠가 이 나라의 임금님이 될 분이란 말야!"

조트족 사내들은 황급히 땅에 한쪽 무릎을 꿇었다. 아르슬란은 웃으며 그들을 일으켜주도록 알프리드에게 말했다. 황송해하며 일어난 사내들 중 코 밑과 턱에 갈색 수염이 무성한, 왼쪽 귀에 검붉은 흉터가 난 사내가 알프리드에게 속삭였다. 다소 불만스러운 눈치였다.

"도적이라고 뭐 부끄러워할 필요 없습니다요. 왕실은 조세랍시고 백성들에게 곡물을 거둬가는데. 그 밑의 관리 놈들은 뇌물을 뜯어가고. 도적이랑 하는 짓이 뭐가 다릅니까요?"

"이제까지는 그랬다지만 앞으로는 아니야. 아르슬란 전하는 좋은 나라를 만들려고 하시니까."

"좋은 나라?"

조트족 사내들은 불신에 찬 목소리를 냈다. 그 점은 나중에 설명하기로 하고, 알프리드는 다른 동행들을 하나하나 소개해주었다. 마르즈반 다륜의 이름은 조트족 사내들을 동요하게 만들었다. 그 동요가 가라앉기 전에 다음 인물이 소개되었다.

"이쪽은 나르사스 경. 옛날 다이람이란 곳의 영주님인데, 내 그이야."

나르사스가 항의할 틈도 없이 알프리드가 결론을 내버렸다. 사내들의 시선이 이번에는 다이람 지방의 옛 영주에게 쏠렸다. 품평하는 눈빛이었다.

"아항, 그럼 이쪽 나리가 언젠가 아가씨랑 결혼해서 조트족장이 되어 주신단 거구만."

"아니, 그, 그건……."

나르사스가 무어라 말해야 좋을지 몰라 난처해하고 있으려니 알프리드가 냉큼 이야기를 진행해버렸다.

　"족장 자리는 오빠 거야. 나르사스는 왕태자 전하를 도와 궁정을 관리할 거니까. 당연히 나도, 에헴, 궁정에서 살게 될 거구."

　때를 놓치지 않겠다는 양 다륜이 벗을 놀려댔다.

　"어느 때는 파르스의 군사, 어느 때는 궁정화가, 어느 때는 다이람의 영주, 그리고 어느 때는 조트의 족장…….참으로 다채로운 인생이라 부러울 따름일세, 나르사스."

　"그리 생각하나?"

　"생각하고말고."

　"그럼 바꿔주지. 자네가 조트 족장이 되면 어떤가?"

　"말도 안 되는 소릴. 나는 벗의 행복을 가로채는 자가 아니라네."

　다륜이 웃어넘기자 반대 방향에서 나르사스를 나무라는 자가 있었다. 카히나 파랑기스였다.

　"실례인 줄은 아네만 나르사스 경, 애초에 그대가 잘못하셨네. 알프리드의 마음은 분명하지 않은가. 남자가 태도를 정하지 못하면 여자는 무엇을 의지해야 좋을지 모르는 법일세."

　한 박자를 두고 다시 말을 이었다.

　"마음에 정해둔 여성이 있다거나 생애 독신을 관철하

겠다는 뜻이 아니라면 슬슬 진지하게 생각하시는 것이 좋을 줄로 아네. 쓸데없는 소리인 줄은 잘 아네만."

"아니, 파랑기스, 말은 그렇게 해도……."

반론하려다 나르사스는 입을 다물었다. 아름다운 카히나의 녹색 눈동자에 농담으로는 넘어갈 수 없는 감정이 맺혀 있음을 깨달았기 때문이었다. 생각해보면 파랑기스가 미스라 신전에 있게 된 경위에 대해 동료들은 아무것도 모른다. 틈만 나면 파랑기스에게 달라붙는 기이브도 일부러 그녀의 과거를 캐물으려 하지는 않았다. 기이브 자신의 내력도 침묵의 저편에 있다. 본인이 스스로 이야기하지 않는 이상 몰상식하게 캐묻는 짓은 모두가 삼가야만 했다.

알프리드는 왕태자를 따라 길란으로 갈 것이다. 연락만 하면 언제든 조트족이 달려와줄 터이니 알프리드도 소재를 알려두라는 데에서 이야기가 정리되었다.

IV

항구도시 길란은 옥서스 강 하구에 있으며 남쪽으로는 무한한 대해에 인접했다. 파르스 최대의 항구이며 도시의 규모는 왕도 엑바타나에 버금간다. 왕도와 비교하면 남쪽의 도시라는 인상이 강하다. 겨울에도 눈은 내리지 않고, 서리도 없다. 아열대 꽃과 수목이 가옥들을 수놓아 사계절 내내 붉은색과 녹색이 사라질 줄 모른다. 특히 여름철 오후면 소나기가 시내를 적셔 서늘한 기운과 생기를 가져다준다. 길란 만灣은 입구가 좁으며 안쪽으로 들어가면 거의 원형으로 펼쳐져 파도나 해적의 공격을 막아내기 쉬운, 그야말로 이상적인 항만을 이룬다. 옥서스 강이 상류의 토사를 실어오기 때문에 4년에 한 번씩 강바닥을 준설해야 하지만 그 외에는 불만의 여지가 없다. 도시의 인구는 40만 명에 이르며, 그중 3분의 1이 외국인이고, 시내에서는 60종류의 언어가 쓰인다고 한다.

길란 시가지와 항구를 내려다볼 수 있는 코지아 언덕에 아르슬란이 말을 세운 것은 6월 26일 정오였다. 언덕 경사면을 달려 올라오는 바닷바람이 오렌지와 올리브 잎의 향기를 실어다주었다. 검푸른 해면에는 스물을 넘는 크고 작은 흰 돛이 흩어져 있었다. 푸른 목장에 오글거리는 흰 양을 연상케 했다. 일행 중 바다를 본 경험이 있는 자는 절반 정도밖에 없었다. 그나마 엘람은 다르반드 내해 기슭에서 자랐지만 아르슬란은 그것조차 보지 못했다.

"저것이 바다……."

평범한 한마디를 입에 담고 아르슬란은 그 이상 아무

말도 하지 않았다. 아무 말도 할 수 없었다. 태어나서 처음으로 본 광대한 물의 연쇄, 무한히 겹쳐진 파도의 언덕을 그저 넋 놓고 바라보았다. 뿌옇게 보이는 저 수평선 너머에 수십이나 되는 나라가 있고, 그곳에는 흰 피부며 검은 피부를 가진 사람들이 살고, 왕이 있고, 왕비가 있고, 역시 옥좌를 둘러싸고 다투거나 화해하기도 하는 걸까.

아르슬란은 자신의 처지에 대해 다소 감회를 품었다. 겨우 2년 전에는 자신이 이러한 곳에 이러한 형태로 오게 될 줄은 상상도 못했다.

아르슬란의 어린 시절은 하루하루가 훨씬 평온했다. 파르스의 성하마을에서 이웃 아이들과 놀러 다니고, 흰 수염을 가진 리카트(사설 서당) 선생님에게 알레프바(파르스 문자)를 배우고, 때로는 몸을 지키기 위한 봉술을 배웠다. 아르슬란을 길러준 유모는 미녀는 아니었으나 따뜻하고 다정하고 활달했으며 요리의 명인이었다. 그의 남편은 딱히 가지고 태어난 재능은 없었지만 성실하고 듬직했다. 이따금 한밤중에 눈을 떠보면 부부가 나직한 목소리로 무언가 심각하게 이야기를 나누고 있기도 했다. 대화 속에서 이따금 자신의 이름이 들려 아르슬란은 의아하게 여기기도 했다. 그러나 모두 사소한 일이었다. 그 날까지는. 유모와 남편이 상한 나비드를 마시고 식중독에 걸려 급사해, 황급히 장례식이 치러졌던 날까지는.

"……아르슬란 님, 왕궁에서 사절로 아르슬란 님을 마중하러 왔나이다."

무슨 말인지 소년은 잘 알아들을 수 없었다. 양부모의 시신 곁에 주저앉은 채 입구에 나타난 사내들의 시커먼 그림자를 바라볼 뿐이었다. 친하게 지냈던 성하마을 사람들은 멀찌감치 밀려났고, 갑옷을 걸친 병사며 말이며 마차의 벽이 아르슬란을 포위했다.

"왕태자 전하, 처음으로 뵙습니다."

공손한 인사. 그것이 아르슬란에게는 놀라움과 위험으로 가득 찬 인생의 시작이었다…….

한층 강렬한 바닷바람이 불어와 아르슬란의 앞머리를 보이지 않는 손으로 쓸어넘겼다. 강하지만 기분 좋은 바람. 이 바람 덕에 항구도시 길란은 열기에 허덕이지 않아도 된다. 역사에도 바람은 필요한 걸까. 정체되어 탁해진 역사를 바람이 꿰뚫고 나아가면 그에 따라 국가는, 혹은 인간 세상은 새로운 나날을 맞이할 수 있을까. 아르슬란이 그 바람이 될 수 있을까. 그는 파르스 왕가의 핏줄이 아닐지도 모르는데!

문득, 말을 몰아 곁으로 다가온 카히나와 눈이 마주쳤다.

파랑기스는 희미한 근심을 눈에 담은 것 같았다. 왕태자의 마음을 아는 것이다. 살짝 말을 가까이 대고 아름다운 카히나가 속삭였다.

"인간으로 태어난 이상 동시에 두 개의 문으로 들어서기란 불가능한 일. 왕태자 전하, 우선 왕도 엑바타나의 성문을 지나는 것. 그것만을 생각하시옵소서."

왕도를 침략자의 손에서 탈환하는 일은 공사公事다. 많은 국민이 살해당하고 학대받고 괴로움을 당하고 있기 때문이다. 아르슬란이 출생의 비밀에 괴로워한들 산 채로 불에 타 죽은 엑바타나 시민의 고통에 비하면 아무것도 아니다.

그렇다. 매사에는 순서가 있다. 아르슬란이 해야 할 일은 왕태자로서, 다시 말해 공인으로서 왕도 엑바타나를 침략자의 손에서 탈환하는 일이었다. 루시타니아군을 엑바타나에서 몰아내 국경 밖으로 퇴치하고, 파르스의 국토와 백성을 해방시켜야만 한다. 백성을 지키지 못하는 사람은 왕이 될 자격이 없다.

나르사스도 말했다. '왕이 왕이기 위한 자격은 좋은 왕일 것, 오로지 그뿐'이라고. 그에 비하면 왕의 혈통따위 문제가 되지 않는다. 아르슬란이 어디의 누구인지, 사실은 누구의 자식인지. 그러한 사실은 나중에 고민하자. 아르슬란은 국법상 정식 왕태자이며, 우선은 왕태자로서 의무를 다해야만 했다.

지금은 스스로를 가엾다고 생각할 틈이 없다! 아르슬란은 파랑기스에게 웃음을 짓고는 다시금 부하 일동을 돌아보았다.

"자, 길란으로 가세. 그곳에서 모든 일이 시작될 테니."

아르슬란이 선두에 서서 말을 몰기 시작하자 나머지 일곱이 그 뒤를 따랐다. 제일 뒤에서는 낙타 네 마리가 별로 내키지 않는 것 같은 얼굴로 어기적어기적 따라왔다.

언덕을 내려가는 길은 백 걸음 정도 만에 포석으로 바뀌었다. 말의 걸음을 늦추고 내려서서 걸어감에 따라 인가가 복잡하게 얽히기 시작했다. 사람 모습이 들끓듯 늘어나고 외국의 언어가 귀에 들어오기 시작했다.

'엑바타나보다 번화할지도 모르겠는걸.'

그렇게 생각하니 신선한 기쁨을 느꼈다.

엑바타나가 육지의 도시라면 길란은 물의 도시였다. 부유함도 화려함도 모두 바다에서 태어났다. 외국 사람, 외국 배, 외국의 물건들은 모두 남쪽으로 펼쳐진 수평선 너머에서 찾아온다. 길란은 바다를 향해 외국을 향해 열린 파르스의 장식창이었다. 파르스의 화려함과 외국의 화려함이 이 도시에서 서로 부딪쳤다.

길란의 밝고 자유로우며 활달한 분위기는 이 도시가 샤오의 거성이 아닌 상인들의 도시라는 점에서도 기인

하지 않았을까. 샤오가 임명한 총독이 길란을 통치하지만, 어지간히 중대한 사건이 없는 한 도시도 항구도 대상인들을 중심으로 한 자치적인 회합이 운영한다. 만일 상인이 고객을 속이거나 동업자에게 피해를 입히거나 계약을 어긴다면 상인 단체에서 추방되고 만다. 각종 재판 또한 살인이나 방화 같은 흉악한 범죄를 제외하면 시민들 사이에서 합의와 조정이 이루어져 정리되는 것이다. 도저히 수긍할 수 없다는 사람만이 총독부에 호소하게 된다.

총독의 봉급은 매우 높아 1년에 디나르(금화)로 3천 닢이다. 여기에다 상인들에게서 조세를 거두면 그중 50분의 1이 수수료로 총독의 품에 들어간다. 많은 해에는 1만 닢까지도 간다.

이처럼 길란 총독은 딱히 악랄한 짓을 하지 않더라도 지극히 자연스럽게 한몫을 잡을 수 있는 자리였다. 재판이나 조정 덕에 수수료가 들어오기도 하고, 외국 상선이 보석이나 진주, 상아, 백단, 용연향, 질 좋은 차나 술, 도기, 비단, 각종 향료 같은 것들을 헌상하는 경우도 많다. 또한 눈에 보이지 않는 형태의 헌상품도 있다. 바로 정보였다.

"총독님, 올해 이른 봄에 잠비 왕국에서 큰 서리 피해가 있었다고 합니다. 올해부터 내년에 걸쳐 후추와 육계 가격이 오를 겁니다."

그런 정보가 들어오면 총독은 디나르 천 닢을 투자해 후추와 육계를 매점한다. 1년 후면 디나르는 만 닢으로 돌아오는 것이다.

이처럼 좋은 이야기는 얼마든지 굴러 들어오지만 도가 지나치면 상인들에게서 미움을 산다. 적당한 선에서 그쳐야 한다. 적당히 해도 얼마든지 돈을 벌 수 있으니까.

덕분에 돈을 번 총독은 당연히 길란에 사는, 혹은 바다를 오가는 상인들에게 호의를 가진다. 총독은 샤오의 대리인이지만 차츰 이러한 상인들의 이익을 대변하게 된다. 상인들이 보기에는 총독을 조련하는 것이나 마찬가지였다.

현재 길란 총독은 펠라기우스라고 하는데 재임 3년차였다. 과거에는 디비르(궁정서기관)로 나르사스와 책상을 나란히 놓고 일했던 시절도 있지만 친하지는 않았다. '그런 녀석도 있었지' 하는 정도였다.

총독은 원래 문관이지만 군대도 거느릴 수 있다. 총독부 병력은 기병이 600, 보병이 3000, 수병이 5400이어서 합계 1만이 되지 않는다. 여기에 크고 작은 군선이 120척 있다. 병력으로는 별것 아니다. 길란이 평화로운 도시라는 증거지만 그것만이 아니었다. 유력한 해상상인들은 많은 사병을 거느리고 무장상선을 소유한다.

군사인 나르사스는 여기에도 주목했다. 언젠가 파르스에도 강대한 해군이 필요할지 모르기 때문이다.

V

항구도시인 길란의 명물 요리는 어패류를 주요 재료로 이용한 것이다. 아르슬란 일행의 탁자에 올라온 것들은 향신료로 맛을 낸 팔라무트(흰살생선 튀김), 게 찜, 새우 소금구이, 가리비 튀김, 물고기 살을 경단처럼 만들어 꼬치에 꿰어 구운 쿄흐테, 무르 조개의 살을 잔뜩 넣은 사프란 볶음밥, 바다거북 알을 넣은 수프, 흰 치즈, 무르 조개 꼬치구이 등이었다. 음료는 나비드 외에도 사탕수수 술, 엘마차이(사과차), 벌꿀이 들어간 오렌지 과즙. 여기에 형형색색의 과일이 더해졌다.

총독 저택을 방문하기 전에 항구의 식당에서 배를 채우기로 한 이유는 나르사스가 옛 친구를 만나고자 했기 때문이었다. 항구가 내려다보이는 식당 '사키아스(미녀정美女亭)'는 그 지인이 정부에게 주어 경영케 하는 가게라고 하는데, 나르사스는 그와도 그녀와도 만날 수가 없었다. 둘이서 10파르상(약 50킬로미터) 정도 떨어진 고원의 별장에 나가 이틀 후에나 돌아온다는 것이었다.

"그러면 총독부에 가기 전에 배를 채우기로 하지요."

총독 저택에서 식사를 제공했을 때 너무 걸신들린 것처럼 먹으면 식생활조차 궁핍할 정도냐고 경시당할지도 모른다. 어리석은 소리지만 때로는 체면을 차릴 필요도 있는 법이다.

그건 그렇다 쳐도 앞길에 놓인 모든 과제가 금전이었다.

군자금이 있으면 군대를 조직할 수 있다. 병사와 말, 무기와 식량을 모을 수 있다. 나르사스가 보기에 왕태자 진영에 지혜와 용기는 이미 갖추어졌으므로 재물만 더해진다면 두려울 것이 없을 것 같았다. 사실 나르사스의 소지금도 얼마 남지 않았다. 여덟 명뿐이라면 1년은 먹고살 수 있지만 그것만으로는 의미가 없다. 안드라고라스가 아르슬란에게 모으도록 명령한 병사는 5만. 5만 명을 3년 정도는 먹여 살릴 만한 자금이 필요하다. 부자에게서 뜯어내는 것이 효율적일 것이다.

"가난뱅이가 전 재산을 쏟아봤자 자기 한 몸 구할 수도 없습니다. 그러나 부자가 푼돈을 조금 내놓으면 수백 명을 구할 수 있지요."

나르사스는 아르슬란에게 그렇게 말했다. 지극히 초보적인 비유였으나 사실 완전히 옳은 말이다. 나르사스가 지금 궁리하는 것은 어떻게 해야 부자들이 기꺼이 군자금을 내놓게 할 수 있는가 하는 점이었다.

'왕태자군에 투자하면 자신들에게 이익이 돌아온다'
고 생각하게 만들어야 한다. 이미 왕태자 이름으로 '굴
람 제도 폐지령'이 포고되었으므로 노예를 소유한 자들
에게서는 호의적인 협조를 바라기가 어렵다.

지금은 조트족 천 명 정도가 협조를 약속해주었으나
그들이 도적질을 그만두게 하려면 생활을 보장해주어야
만 한다. 나르사스가 원하는 것은 돈을 쓸 아군이 아니
라 돈을 내줄 아군이었다.

대륙공로를 경유해 이루어지는 육상 동서교역. 이것
이 현재 중단된 이유는 루시타니아와 투란 때문이다.
이 두 나라가 대륙 여러 나라의 평화를 저해하고 국제질
서를 어지럽히니 카라반이 여행을 하지 못해 교역이 정
지된 것이다. 이것은 난처한 일이지만 '남의 불행은 자
신의 행복'이라 생각해 이 이상사태를 기뻐하는 자들도
존재한다. 말할 것도 없이 길란 해상상인들이었다.

"육상교역이 중단됐다고? 잘됐군. 우리가 그사이에
한껏 벌어야겠어."

세리카를 중심으로 한 동방교역의 이익은 거대하여,
육로와 해로로 나뉘어 상인들은 저마다 충분한 벌이를
할 수 있었다. 육로가 끊어지면 육상상인에게는 안됐지
만 해상상인의 입장에선 이익을 독점할 절호의 기회였
다. 따라서 '파르스를 구하라, 왕도를 해방하라'라는

외침에 해상상인이 기꺼이 찬동하리라고는 생각할 수 없었다. 그러나 그들을 편으로 삼지 않는다면 찬란한 미래를 손에 넣기 전에 배가 고파 죽어버리고 만다. 처량한 이야기지만 그것이 현실이다.

"인간 세상을 연못에 비유한다면, 지금 이 연못에는 탁한 물이 가득 차 있습니다. 연못에 사는 고기들을 죽이지 않고 물을 깨끗하게 바꾸려면 시간을 들여 오래된 물을 퍼내고 새로운 물을 넣어야만 하겠지요."

연못을 때려부수고 탁한 물을 흘려보내면 작업은 한순간에 끝난다. 그러나 그래서는 물고기들도 죽고 만다. 조바심을 내봤자 본전도 찾지 못한다. 한평생이 걸린 사업이라고 각오하고 덤벼야만 한다.

"한평생이 아니라 열 평생을 들여도 끝나지 않을지도 모르지만요."

"하지만 걸어야 목적지에 도착할 수 있는 법. 지나치게 멀다고 해서 걷지 않는다면 영원히 도달할 수 없네."

"황금의 가치가 있군요, 그 말씀에는."

나르사스가 미소를 지었다.

분명 아르슬란의 말이 옳았다. 한 걸음을 딛지 않는 한 목적지에는 도달할 수 없다. 주저앉아 고함을 질러대봤자 상황은 무엇 하나 달라지지 않는다.

파르스 왕국이 성립되기 전의 옛날, 사왕 자하크의 사

악한 힘은 지극히 강대하여 그의 지배를 뒤집기란 도저히 불가능할 것 같았다. 하루에 두 명의 인간이 살해되었다. 자하크의 두 어깨에 돋아난 두 마리의 뱀은 인간의 뇌를 먹고 살아갔으므로 식량이 되기 위해 매일 두 명의 인간이 죽임을 당했다. 이 두려움은 천 년 동안 이어졌다고 한다.

이때 사왕을 타도하고자 일어난 젊은이가 카이 호스로였다.

"우리가 인간으로서 세상에 태어난 것은 무엇을 위해서인가. 자하크의 어깨에 돋아난 뱀들에게 뇌를 먹히기 위해서인가? 그렇지 않을 터. 몇 년, 몇십 년이 걸리더라도 봉기하여 사왕의 지배를 뒤집어야 한다!"

그렇게 부르짖었으나 처음에는 아무도 호응하지 않았다. 너 혼자 하면 되지 않느냐고 냉소하는 자도 있었다. 카이 호스로는 포기하지 않았다. 그는 사왕 자하크의 요리사를 같은 편으로 삼았다. 뱀에게 뇌를 먹이기 위해 하루 두 명의 인간이 살해당한다. 젊고 건강한 남자들이다. 두 사람 모두 구하기란 불가능하지만 하다못해 한 사람만이라도 살리기로 했다.

카이 호스로는 하루에 양 한 마리를 잡아 뇌를 꺼내 자하크의 요리에 몰래 보냈다. 요리사는 그 뇌를 살해당한 인간의 뇌와 섞어 2인분을 만들어 사왕에게 헌상했다. 뱀들은 감쪽같이 속아 이를 먹어치웠다. 이리하여 하루에 한 사람, 튼튼한 젊은이가 구원받았다. 1년 후에는 365명의 용감한 병사가 모였다. 카이 호스로는 자하크를 타도하기 위한 군대를 완성한 것이다.

고난에 가득 찬 전투가 끝나고 사왕 자하크는 데마반트 산 지하 깊은 곳에 봉인되었다. 성현왕 잠시드가 물려준 옥좌에 앉은 카이 호스로는 사왕에게 살해당한 수백만 명의 넋을 위로했다. 동시에 자신이 죽인 365마리의 양에게 사죄하고, 양의 뇌는 인간의 뇌와 마찬가지로 이를 먹는 일을 삼가도록 포고했다. 예전에 신두라에서 양의 뇌를 찐 카레가 나왔을 때 파르스인들이 먹을 마음이 들지 않았던 이유도 이것이었다.

아무튼 아르슬란은 여행을 떠났다. 그 여행이 카이 호스로와 같은 종착점을 가졌는지 어떤지, 아직은 판명되지 않았다.

길란 총독 정도 되면 디비르에 견줄 정도로 고관이므로 저택이 호화로워지는 것도 당연하다. 그렇다곤 해도 하얀 벽과 아열대 식물에 에워싸인 저택은 한 변이 2아마지(약 500미터)는 되는 정사각형의 광대한 부지를 가지고 있었다. 벽 안에 들어가면 인어의 모양을 한 대리석 분수와 온갖 조각이 나타나고, 담쟁이며 넝쿨에 뒤덮인 시원한 정자, 연잎을 띄운 연못이 있다.

저택 주인인 총독 펠라기우스는 어깨가 널찍한 마흔 살의 사내로, 머리카락에 다소 하얀 것이 섞인 점을 제외하면 생기가 있으면서도 듬직하게 보였다. 그러나 아르슬란 일행을 맞이하게 된 그는 완전히 당혹감에 빠졌다.

"왕태자가…… 왕태자가……."

총독 펠라기우스는 앵무새처럼 되풀이할 뿐이었다. 당황한 나머지 '전하'라는 경칭을 붙이는 것조차 잊어버리고 말았다. 설마 왕태자 아르슬란이 얼마 안 되는 부하와 함께 길란을 방문하리라곤 총독은 상상도 못했다.

지난 1년 동안 펠라기우스는 길란에서 거둬들인 조세를 왕도 엑바타나로 보내지 않았다. 엑바타나가 루시타니아군에게 점령되었기 때문이기는 하지만 40만 닢이나 되는 디나르를 저택 지하실에 숨겨놓은 데에는 자신의 것으로 삼고자 하는 속셈이 있었기 때문이다. 이 정도 재산이면 파르스 전체가 전쟁의 불길에 휩싸여도 외국으로 도망쳐 유유자적 살아갈 수 있다고 계산했던 것인데, 놀랍게도 왕태자가 찾아오고 말았으니.

아무리 머리를 굴려도 좋은 생각이 떠오르질 않았다. 지난해 10월, 아트로파테네 평원에서 샤오의 군대가 궤멸당한 후로 길란 총독인 그는 샤오를 위해서도 왕태자를 위해서도 손가락 하나 움직이려 하지 않았던 것이다. 이길지 질지 모르는 전쟁에 가담하느니 안전한 곳에서 부지런히 축재에 힘쓰는 편이 그에게는 중요했던 것이다. 그러나 사태가 이렇게 되니 자신의 판단이 매우 위험해 보이기 시작한다. 파르스 조정의 신하로서 지극히 이기적인 행동이었으니, 샤오에게서도 왕태자에게서도 당연히 미움을 살 것이다.

"국고에 헌납해야 할 조세를 착복하다니. 그것도 디나르 40만 닢이나 되는 액수를. 사형에 처해 마땅하다."

그렇게 판결이 나버리면 재산도 목숨도 잃고 만다. 어떻게든 구슬려 넘겨야만 했다. 이기적이기는 했지만 펠라기우스에게는 목숨이 걸린 일이었다.

"왕태자 전하, 무사하셔서 다행이옵니다. 소인 펠라기우스는 기쁨에 가슴이 터졌사옵니다."

다소 이상한 표현을 쓰고 말았지만 그런 데 신경 쓸 여유도 없었다. 아르슬란의 손을 낚아채듯 분수가 내다보이는 넓고 쾌적한 담화실로 안내했다. 한층 청량함이 느껴지는 이유는 대리석 천장 위로 지하 깊은 곳에서 끌어올린 시원한 물이 흐르기 때문이라고 한다.

"사실은 길란을 파괴하겠다는 해적집단의 협박장이 오는 바람에, 군대를 보내드리지 못했나이다. 왕도를 생각하면 밤에도 잠을 이룰 수 없었사오나……."

이것도 거짓말이었다. 펠라기우스는 샤오나 왕태자를 위해 군대를 갖추어 외적과 싸운다는 생각은 한 적도 없었다. 파르스는 넓다. 니무르드 산맥 이북에서 일어난 일 따위 외국 일보다도 멀게 느껴진다.

그래도 총독 정도 되면 다시 왕도로 돌아가 더욱 출세할 생각을 한다. 엑바타나의 정세에 무관심할 수는 없다. 그러나 펠라기우스는 엑바타나에서 위험한 꼴을 겪느니 길란에서 부를 축재하는 쪽을 선택한 것이다.

대리석 바닥에는 세리카에서 온 대나무 방석이 깔려 있었다. 펠라기우스는 일동을 그곳에 앉혔다.

"나는 종자이므로 밖에서 기다리겠소."

자스완트는 사양했으나 아르슬란이 그렇게 하도록 놔두지 않았다.

펠라기우스만은 아직 자리에 앉지 않은 채 하인들에게 이것저것 지시를 내리고 있었다. 그 모습을 본 아르슬란은 나르사스에게 속삭였다. 해적이 길란을 파괴하려 든다는 말이 정말이겠느냐고.

젊은 군사의 대답은 명쾌했다.

"거짓말이죠."

단정한 다음 나르사스는 설명했다. 해상상인들에게도 해적에게도 길란은 부의 원천이다. 이를 무조건 파괴해 봤자 아무런 이익도 나오지 않는다. 약탈이라면 이야기가 다르지만, 펠라기우스의 말은 이 자리를 모면하려는 변명일 뿐일 것이다.

"물론 길란이 파괴되어 동서 교역이 완전히 정지되면 그로 인해 이익을 볼 자도 있겠지요. 혹은 길란을 대신하려는 세력이 있다면……."

하지만 아직 판단재료는 충분하지 않았다. 2, 3일 차분히 분위기를 지켜보자고 나르사스는 제안했다. 북쪽에서는 언젠가 안드라고라스와 루시타니아군이 격돌할 것이다. 이를 강 건너 불구경하듯 쳐다보기만 해도 된다. 아르슬란은 안드라고라스에게 추방당했으니까. 그 처지를 나르사스는 최대한 이용할 심산이었다. 아무것도 없지만 머리를 굴릴 시간만은 충분히 있을 것이다.

"뭐, 한동안은 총독 각하를 난처하게 해 주지요. 아무리 좋은 술이라도 지나치게 마신 후에는 당연히 숙취에 시달리는 법. 쓰디쓴 약을 먹는 것도 어쩔 수 없는 노릇입니다."

나르사스는 짓궂게 웃었다. 그러나 젊은 군사의 예측도 이날만은 빗나갔다. 자리로 돌아온 펠라기우스 총독이 막 입을 열려 했을 때, 요란한 발소리가 담화실로 뛰어들어온 것이다. 총독부 서기관으로 보이는 사내가 갈라진 목소리로 일대 사건을 보고했다.

"세리카에서 오던 교역선이 항구 밖에서 불에 타고 있

습니다. 심지어 그 뒤에 무장한 배 여러 척이 따라오면
서 더욱 공격을 가하려는 것 같습니다."

"뭐, 뭐야?!"

총독은 흠칫 숨을 들이마시고 여덟 명의 손님은 자신
도 모르게 벌떡 일어났다. 왕태자 일행의 내방에 이어
진 이 흉보가 길란에 이제까지 유지되던 평화를 깨뜨리
는 계기가 되었던 것이다.

제 2 장 남해의 보물

I

　바닷바람이 시커먼 연기를 씻어주어도 한순간이었다.
세리카풍 상선 '피루지(승리) 호'의 넓은 갑판은 다시
짙은 연기에 휩싸였다. 이 배의 선수에는 도료가 벗겨
진 용의 머리가 달려 있었으므로 용이 연기 속에서 괴로
워하는 것처럼 보이기도 했다.

　갑판에서는 선장 구라즈가 고함을 지르고 있었다.

　"길란 항구가 눈앞이다. 이 꼴을 보면 곳곳에서 배가
구해주러 올 거다. 다들 힘내서 버티자!"

　같은 내용을 2개 국어로 되풀이했다. 피루지 호에는 9
개국 사람이 타고 있는데 파르스어와 세리카 어를 사용

하면 모두에게 의사소통이 가능했다. 선장의 질타에 승무원들이 "예!" 하고 대답했으나 별로 기운은 없었다. 도저히 기운이 날 만한 상황이 아니었던 것이다.

구라즈는 아직 서른 살이 못 되었다. 머리에는 하얀 천을 감고 허리띠에는 아키나케스(단검)를 꽂아두었다. 골격은 다부지며 근육은 두껍지만 균형 잡힌 장신은 늘씬하게 보일 정도였다. 바닷바람과 햇볕에 그을린 구릿빛 얼굴에 두 눈은 날카롭다. 뺨과 턱에 짧지만 뻣뻣한 수염을 기르고 있다. 태어난 곳은 바다 위였다. 죽을 때도 아마 그러할 것이다.

"구라즈 선장님! 해적선에 곧 따라잡힐 겁니다. 우리 배에 올라탈 생각이에요!"

비명 섞인 목소리에 고개를 돌려보니 정말로 해적선 중 한 척이 피루지의 선미에 충돌할 기세로 육박하고 있었다. 혀를 찬 구라즈 선장은 손에 든 창을 고쳐 들더니 해적선의 앞머리에 선 사납게 생긴 거한을 향해 홱 집어 던졌다. 던진 것과 동시에 다시 전방을 돌아본다. 그의 뒤에서 창에 배가 꿰뚫린 해적이 갑판에 쓰러지는 모습을 선장의 부하들은 보았다. 그러거나 말거나 구라즈는 선두에 있는 부하를 향해 고함을 질렀다.

"어떤가? 항구 쪽에선 배가 움직이기 시작했겠지?"

"아뇨, 한 척도."

"뭘 하고 앉았어. 이 몰골이 보이지 않을 리가 없을 텐데. 길란 놈들이 모조리 낮잠이라도 처자고 있나?"

구라즈가 욕을 퍼붓는 동안 다시 해적선이 접근했다. 화살을 쏘고 창을 던져댄다. 이미 구라즈의 주위에는 해적에게 죽은 승무원들의 시체 세 구가 갑판 위에 쓰러져 있었다.

구라즈는 몸뚱이 하나와 지략과 무용으로 수많은 나라를 돌아다녔다. 실력에도 자신이 있지만 수십 명이나 되는 해적이 난입하면 버틸 재간이 없다. 눈살을 찡그린 구라즈는 배 앞머리에 있던 부하에게 다시 외쳤다. 도우러 오려는 배가 없느냐고.

"틀렸습니다. 어느 사병부대도 움직이질 않는걸요. 이 배가 당하면 화물이 줄어서 값이 올라가겠다고 생각하나 보죠."

부하 중 하나가 신음하며 보고했다. 결국 구라즈의 배는 버림받은 것 같았다.

"이놈이고 저놈이고 죄다 남의 일이라고 생각하고 앉았구만. 날 죽게 내버려두면 다음엔 자기들 차례라는 것도 모르나!"

선장은 이를 갈았다. 그때 공기 가르는 소리가 나더니 그의 뺨에서 종이 세 장 두께만큼 떨어진 공간을 불화살이 가르고 지나갔다. 갑판에 불화살이 꽂혀, 승무원들이 황급히 윗옷을 벗어선 불을 끄려 했다.

"배를 세워! 배를 세워!"

반쯤 합창하듯 해적들이 목소리를 맞췄다. 잇몸까지 드러내고 눈앞의 사냥감을 조롱한다. 바닷물을 머금은 바람이 그들의 목소리를 실어다주었다.

"가진 걸 모조리 내놓으면 목숨만은 살려주마."

"바다에 뛰어드시지. 상어와 경주할 기회를 주었잖아."

"아니면 배를 버리지 않고 타 죽을 테냐?"

구라즈가 침을 뱉었다.

"시끄러워. 난 죽는다 해도 네놈들 장례식에 다녀온 다음에나 죽을 거다."

이미 돛은 불덩어리로 변해 갑판 위에 불똥을 뿌려댔다. 황금색 비가 작열하는 물방울을 구라즈에게 퍼부어댔지만 젊은 선장은 꿈쩍도 하지 않았다. 허리춤의 단검에 손을 대고 타오르는 눈을 해적선으로 향하고 있었다.

"불에 타 죽든지 물에 빠져 죽든지 둘 중 하나를 골라야만 하려나. 하지만, 빌어먹을, 절대 네놈들 손에 죽지는 않을 테다."

이 중얼거리는 목소리를 부하의 고함소리가 가려버렸다. 항구 한 곳에서 나타난 어선 한 척이 한데 얽힌 세 척의 배를 향해 파도를 가르며 다가왔던 것이다. 이를 본 구라즈가 다시 혀를 찼다.

"쳇, 겨우 누가 도와주러 오나 싶었더니 겨우 손바닥만 한 어선 한 척? 게다가 여자까지 타고 앉았구만. 뭐 하자는 생각인지."

……어선에 탄 네 명의 남녀는 물론 해적들의 손에서 상선을 구할 생각이었다. 다륜, 기이브, 파랑기스, 자스완트였다.

타인의 수난을 기뻐하는 짓은 인간의 도리에 어긋난다. 그러나 현재 이 사건은 아르슬란 일행에게는 둘도 없는 기회였다. 기이브의 표현을 빌리자면,

"이름과 은혜를 팔아먹을 절호의 기회!"

였다.

아르슬란 일행이 흉악한 해적들을 물리치고 길란 시민들을 구한다면 사람들은 당연히 기뻐할 것이다. 왕태자란 사람이 우리를 구해주었으니 우리도 왕태자를 돕자는 마음이 드는 것이다. 아무 짓도 하지 않고 왕태자에게 충성을 바쳐라 요구해봤자 효과는 없다. 먼저 실익을 보여주어야 한다.

총독 관저에서 항구로 직행한 다륜 일행은 디나르를 던져주고 억지로 어선 한 척을 빌려 해적선을 향해 노를 젓고 있었다. 디나르 외에 파랑기스의 미모 또한 어선의 선주를 압도했음이 틀림없었다. 아무튼 그들은 목적을 이룰 수 있을 것 같았다.

어선을 해적선에 접선시키자 어부 한 사람이 갈고리 달린 밧줄을 던졌다. 갈고리가 뱃전에 걸린 것을 보고 해적 하나가 대검을 휘둘러 밧줄을 끊으려 했다. 활시위 울리는 소리가 나고 파랑기스가 쏜 화살이 해적의 왼쪽 눈을 꿰뚫었다. 대검을 허공에 집어던지며 해적은 갑판에서 발버둥을 쳤다. 그 모습과 단말마의 비명이 파도 사이로 사라지자 대신 다룬의 모습이 해적선 위에 나타났다.

말 위에서도 지상에서도 다룬만큼 용맹하고 정강한 마르단(전사)은 달리 존재하지 않을 것이다. 그러나 배 위에서는 어떨까.

누군가가 그렇게 생각했다 해도 이는 쓸데없는 걱정이었다. 다룬은 과거 세리카에 갔을 때 대하를 건너는 배 위에서 생사를 건 싸움을 벌인 적이 있다. 상대는 세리카에서도 용명을 떨치는 4인조 검사로 '장난더쓰후(강남의 네 마리 호랑이江南的四虎)'라 불렸다. 그때의 싸움에 비하면 배는 넓고 적의 기량은 떨어진다. 다룬에게 두려워할 이유는 없었다.

"자, 누구부터 죽고 싶으냐?"

다룬의 조용한 호언장담이 해적들을 분노케 했다. 조금만 있으면 투실투실 살이 찐 사냥감이 손에 들어올 판인데 손바닥만 한 어선 한 척이 방해한 것이다. 갑판에 선

다부진 장신의 사내가 단순한 어부로는 보이지 않았으나 아랑곳하지 않고 마구잡이로 칼날을 번뜩이며 쇄도했다.

다륜의 장검이 허공에서 울부짖었다. 해적들의 머리가 갈라지고 몸이 베였으며 선혈이 무지개색 비가 되어 갑판을 두드렸다. 파르스의 대지가 몇 번이나 보았던 광경을 파르스의 바다는 처음으로 보았다.

검광이 한 번 번뜩일 때마다 해적들은 베이고 쓰러져 피안개와 함께 몸을 젖혔다. 다륜의 발놀림과 몸놀림은 절묘하기 그지없어 요동치는 갑판에 서 있으면서도 비틀거리지 않았다. 비명과 노성이 뒤얽히고 강한 햇빛과 소용돌이치는 연기가 이에 겹쳐졌다.

다륜은 인간의 형태를 띤 재앙이었다. 강하고도 유연한 팔이 허공에서 춤추면 햇살을 반사하는 장검이 해적들의 목을 가르고 바닷바람에 짙은 피 냄새를 섞어놓았다. 해적들은 완력이 뛰어나고 몸도 가벼웠으나 다륜의 검에 대항할 자는 하나도 없었다. 좌로 우로 베여나가 쓰러지며 피 냄새를 진하게 만들 뿐이었다.

다륜의 뒤를 따라 올라온 두 사람, 기이브와 자스완트의 검술도 해적들을 압도했다. 물 흐르는 듯 우아한 기이브의 칼놀림은 유혈의 루바이야트(사행시)를 노래했으며 자스완트의 검세는 신두라의 태양처럼 격렬했다.

해적들의 시체는 갑판에 잇달아 드러누웠으며 그들은

천국 한 걸음 앞에서 지옥으로 곤두박질쳤다. 기이브가 갑판 위를 달려나갔다. 좁은 계단 위에 타륜이 있었으므로 이를 조종하던 해적을 베려 했던 것이다. 계단 밑에 도달하기까지 칼 울음소리가 두 번 울렸고, 계단을 다 올라가려 했을 때 기이브는 다시 위에서 날아드는 칼을 맞이했다.

떨어지는 검을 받아내고, 사방으로 흩어지는 불꽃을 뒤집어쓰면서 그대로 자신의 검을 내질렀다. 강렬한 손맛이 기이브에게 승리를 알려주었다. 목덜미에서 피를 뿜으며 해적은 계단을 굴러 떨어졌다.

이때 파랑기스의 활시위는 바닷바람과 공명하며 죽음의 노래를 연주하고 있었다. 은색 선이 여름 대기를 가르고 날아가면 해적들은 갑판에 나자빠지거나 뱃전에서 파도 속으로 떨어졌다. 해적들은 배 안의 칼날에 베이고 배 밖의 활에 꿰뚫려야 했다.

"계집 따위의 화살에 맞아죽다니, 그러고도 네놈들이 바다의 사나이냐! 부끄러운 줄 알아야지!"

그렇게 고함을 지른 해적이 구부러진 대검을 휘두르며 파랑기스에게 접근하려 했으나 한 걸음도 내디디지 못했다. 파랑기스가 쏜 화살이 그의 한쪽 발을 갑판에 꿰어버렸기 때문이었다. 울부짖는 듯한 비명을 터뜨리며 해적은 대검을 내팽개쳤고, 싸우지도 도망치지도 못하게 되었다.

그러나 그의 불행도 동료들에 비하면 사소했다. 잘못 만든 조각상처럼 뻣뻣이 선 그의 좌우에서 동료 해적들은 머리가 갈라지고 몸이 베이고 목을 찔려 피분수 속에 쓰러져갔던 것이다.

구라즈는 압도당해 멍하니 그 광경을 지켜보았다.

II

파도의 움직임에 따라 배는 요동치고 갑판은 좌로 우로 기울어졌다. 갑판에 쓰러진 시체는 통나무처럼 좌우로 굴렀으며, 상처는 바닷물에 젖어 기묘한 흰색으로 빛났다.

해적들은 마흔 명을 헤아렸지만 겨우 네 명의 검사에게 완전히 제압되고 말았다. 절반 이상이 검에 베이거나 화살에 맞아 죽었으며, 열 명 정도는 무시무시한 적의 칼날에서 벗어나기 위해 바다에 뛰어들었다. 그리고 그중 절반은 파도에 휩쓸리거나 선체에 부딪치는 바람에 머리가 깨져나가 영원히 육지로 올라오지 못했다. 바다에 뛰어들 수조차 없었던 열 명 정도 되는 사내들은 무기를 버리고 항복했다. 이리하여 피루지 호는 마침내 해적들의 손아귀를 벗어났다.

간신히 진화를 마치고 돛을 버린 피루지 호는 항구의 부두에 도달했다. 시체를 정리하고 부상자를 치료하도록 명령한 다음 구라즈는 은인들에게 고맙다는 인사를 올렸다. 그의 앞에는 다륜이 서 있었다.

이만큼 커다란 검을 가볍게, 그것도 몸의 일부처럼 자유로이 다루는 자를 구라즈는 본 적이 없었다. 그런 사람이 자신을 구해주었다니 무언가 곡절이 있으리라고 생각했다.

"다소 순서가 바뀌었네만 이름을 물어도 되겠나? 누구에게 도움을 받았는지는 알고 싶으니 말일세."

"다륜."

짧은 소개였지만 해상상인을 놀라게 만들기에는 충분했다. 구라즈는 상대를 빤히 바라보았다.

"호오, 내가 아는 파르스인하고 이름이 같지 않나. 그자는 마르단후 마르단인지 하는 거창한 별명을 가졌다고 들었는데."

"하기야 거창한 별명이로군. 하지만 내가 스스로 그렇게 부른 적은 없네."

다륜이 쓴웃음을 짓자 구라즈가 다시 한 번 의문을 제기했다.

"하지만 다륜이라는 자는 항상 새까만 옷을 입고 새까만 갑주를 걸친다던데."

"길란은 덥지. 게다가 나라고 해서 갓난아기 때부터 까만 배내옷을 입었던 것도 아닐세."

"그렇군, 그래. 나는 세리카의 비단 배내옷을 입었네만 자네는 아니었나 보지?"

한바탕 웃은 구라즈는 손뼉을 짝 치더니 깊이 고개를 숙였다. 두 팔을 가슴 앞에 교차하여 세리카풍으로 인사한다.

"다룬 경, 덕분에 목숨도 배도 건졌네. 내 이름은 구라즈. 진심으로 고맙다는 인사를 하겠네."

"그대는 세리카 인인가?"

"어머니는."

선장의 인생에 국경은 없었다. 그의 인생은 깔끔하게 삼등분되어 3분의 1은 파르스에서, 3분의 1은 세리카에서, 3분의 1은 바다 위에서 보냈던 것이다.

"인사 정도라면 20개 국어로 할 수 있지."

구라즈가 가슴을 펴며 말했다.

"덧붙이자면 욕은 30개 국어로 할 수 있네. 하지만 고맙다는 인사를 할 때 가장 아름다운 언어는 파르스어일세."

말을 끊고, 항구에 모여든 사람들을 둘러본 후 구라즈는 세게 혀 차는 소리를 냈다.

"하지만 길란도 인심이 사나워졌어. 2, 3년 전만 해도 다른 배가 곤경에 처했을 때는 구해주기도 했는데, 이젠 남의 불행은 자기네 행복이라는 양 구는군."

눈을 부릅뜨고 노려보니 계면쩍어하며 떠나가는 자들도 있다. 구라즈에게 무슨 소리를 들어도 대답할 도리가 없었으리라.

길란의 부자들이 고용한 사병집단은 절대 약하지 않다. 그러나 서로 연계를 하거나 힘을 합치는 일이 없고 자신들에게 필요할 때만 행동한다. 해적들이 보기에는 각개격파하면 그만이다.

실제로 해적들은 싸우기만 하는 것이 아니었다. 어떤 상선을 습격할 때는 다른 상선의 소유주들을 찾아가 이렇게 말했다.

"너희에겐 손을 대지 않을 테니 너희도 쓸데없는 짓을 하지 마라."

그러면 다른 상선은 손을 대지 않고, 해적들은 거의 싸울 필요도 없이 이익을 얻을 수 있는 셈이다.

구라즈는 한 술집으로 은인들을 안내하고, 다륜 외의 세 사람에게도 정식으로 감사 인사를 했다. 특히 파랑기스에게는 정중했다.

"어쨌거나 자네들은 나와 배의 은인일세. 사라졌어야 할 목숨을 건졌으니 사례를 해야겠네. 내가 할 수 있는 일이 무언가 있겠나?"

"아주 많지."

다륜은 재빨리 사정을 설명했다. 구라즈에게는 신선한 정보였다. 그가 파르스를 떠나 출항한 것은 아트로파테네 회전이 일어나기 반년도 더 전이었으므로, 당시 파르스는 안정적이고 흔들림이 없는 나라처럼 여겨졌던 것이다.

"그런 일이 있었군. 파르스가 또 다른 나라 군대와 싸웠다고 외국에서 풍문으로 듣기는 했네만……."

설마 파르스군이 대패할 줄은 구라즈도 상상하지 못했다. 구라즈만이 아니라 파르스인의 대부분이 그랬다.

"그건 그렇다 쳐도 시민들은 왕태자 전하께서 길란에 오신 줄 모르는 것 같은데. 총독 놈이 무언가 간계가 있어서 감춰둔 게 분명하네."

이것은 오해였지만 굳이 풀어줄 필요도 없었으므로 다륜은 잠자코 있었다. 구라즈는 팔짱을 끼었다가 금방 풀었다.

"아무튼 왕태자 전하를 도와드림세. 난 사실 바스푸흐란(왕족)이니 바주르간(귀족)이니 하는 자들하곤 얽히고 싶지 않네만, 빚은 꼭 갚아야만 직성이 풀리거든."

이리하여 그날 밤, 구라즈는 서른 명 정도 되는 해상 상인들을 모았다. 구라즈가 1년도 넘게 자리를 비웠던 해안가 집에 이러한 사람들이 모이자 그는 자신이 아는

30개 국어 중 파르스어를 구사해 그들을 설득하기 시작했다. 아르슬란을 비극의 왕자님으로 내세우며,

"인간으로서 눈물을 아는 자라면 왕자님을 도와주게."

그렇게 열변을 토했던 것이다. 동석한 나르사스와 다륜은 쓴웃음을 지었으며, 상인들의 반응도 처음에는 냉랭했다. 입을 모아 주장했다.

"우린 파르스의 국법을 지키고 세금도 꼬박꼬박 냈네. 이 이상 무언가를 요구받을 이유가 있나?"

"맞아. 샤오인지 뭔지 없어도 우린 잘살 수 있다고. 이제까지도 그랬고, 앞으로도 그럴걸."

"왕태자가 온 거야 그쪽 사정이지. 우리가 환영해줘야 할 의무는 없어."

그들의 대화를 침묵과 함께 듣던 나르사스는 구라즈의 권유로 입을 열었다. 한껏 비아냥거리며 일동을 둘러보았다.

"여러분은 호언장담이 제법 능숙한 모양이군. 그러나 혀를 움직이기 전에 자신을 돌아보면 어떻겠나. 오늘 구라즈 선장의 위기를 구해준 것이 그대들이었는지, 왕태자 전하셨는지."

해상상인들은 입을 다물었다. 구라즈가 위험에 빠진 것을 보고도 손 하나 까딱하지 않았으니 켕길 수밖에 없다. 변명거리야 이것저것 있었지만 변명을 늘어놓으면

늘어놓을수록 모양만 좋지 않을 뿐이다. 자칫 입을 잘 못 놀리기라도 했다간 화가 난 구라즈가 동종업자들의 불성실함에 무력으로 대응할지도 모른다.

해상상인들은 자기들끼리 따로 상담할 시간을 요구했다. 구라즈는 불만스러운 표정이었으나 나르사스가 슬쩍 고갯짓으로 그렇게 하라는 신호를 보냈으므로 마지못해 승낙하고 방을 마련해주었다. 나르사스가 처음부터 예측했던 결론이 나오기까지 구라즈는 술을 다섯 잔 비웠다. 이윽고 방에서 나온 일동은 이렇게 말했다.

"만일 왕태자 전하께서 길란을 흉악한 해적들로부터 구해주신다면 우리도 전하께 충성을 맹세하겠소. 오늘 있었던 일이야 그저 구라즈 한 사람만 도움을 받았을 뿐이니 말이오."

"좋아. 그럼 결정된 거군."

나르사스는 손뼉을 쳤다. 해상상인들의 뻔뻔한 내심을 꿰뚫어 보기는 했지만 책망해봤자 어리석은 짓일 뿐이다. 아르슬란이 얼마나 든든한 아군인지 다시 한 번 증명해주면 그만이다.

구라즈가 눈살을 찡그렸다.

"그러나 나르사스 경, 해적들은 바다에 있네. 그대들은 군선 한 척 없지 않나?"

"군선 같은 건 한 척도 필요 없네. 사흘 안으로 길란을 노리는 해적들을 모조리 소탕해주지."

나르사스의 태연한 표정에 구라즈는 눈을 휘둥그렇게
떴다. 다륜이 웃음을 참는 표정을 지었다. 이럴 때는 될
수 있는 대로 큰소리를 쳐야 하는 법이었다.

III

아르슬란과 만난 구라즈는 뻔뻔할 정도로 친근하게 인
사를 하고는 금세 이런저런 이야기를 나누었다. 아르슬
란도 처음 보는 바다 사나이에게 관심을 가지고 많은 질
문을 했다.

"구라즈 선장, 바다에서 위험한 일을 겪은 적이 있나?"

"고래에게 잡아먹힌 적이 한 번, 폭풍에 배가 난파된
적이 열네 번, 해적과 칼부림을 한 건 백 번도 넘죠. 아
마 바다에서 일어날 수 있는 위험한 일은 대충 다 겪어
봤을 겁니다. 이 세상에서 나만큼 위험을 무릅쓴 남자
도 없을 테지요."

태연하게 주워섬기며 구라즈는 짐짓 가슴을 펴 보였다.

아르슬란은 솔직한 성격의 소년이었으므로 스스로 허
풍을 떠는 일은 없다. 그러나 남의 허풍은 매우 좋아하
며 듣는다. 구라즈는 활달한 사내로 견문도 넓으며 화
술도 뛰어났다. 다륜도 세리카를 방문했을 때 왕복 모

두 육로로 다녀왔으니 해로를 모른다. 아르슬란에게 구라즈는 살아있는 경이였다. 완전히 마음에 들어 매우 오랫동안 이야기를 나누었다.

"저 친구는 뭔가. 입이 잘 돌아가는 것이 마치 바다의 라젠드라 같지 않나?"

다룬이 신두라 라자(국왕)의 이름을 대자 신두라 사람인 자스완트가 대꾸했다.

"그런 분은 신두라에만 계신 줄 알았습니다만, 파르스에도 있기는 하군요."

그러는 동안 나르사스는 엘람을 데리고 옛 친구인 샤가드를 찾아갔다. 겨우 별장에서 돌아왔으므로 대면이 이루어진 것이다.

"나르사스, 정말 잘 왔네. 잘 왔어. 많은 일이 있었다지만 무사해서 다행일세."

볕에 그을리고 바닷바람에 거칠어지기는 했지만 나르사스 이상의 귀공자 같은 용모를 가진 젊은이였다. 머리가 곱슬인 것은 어머니 쪽이 마르얌인의 피를 물려받았기 때문이 아닐까.

샤가드는 나르사스의 먼 친척뻘이다. 엘람이 들은 바로는 나르사스의 아버지의 누나의 남편의 사촌의 아들이라고 한다. 왕립학원에서 함께 배운 적도 있으며 샤가드가 다른 귀족의 첩과 연애소동을 벌였을 때는 나르사스가 궁지에서 구해준 적도 있다. 또한 굴람 제도를 없애기 위해 장래에 서로 힘을 합치자고 이야기를 나누기도 했다.

나르사스는 한때나마 왕궁에서 일을 한 적이 있지만 샤가드는 전혀 벼슬을 하지 않았다. 물려받은 자산을 모두 보석과 디나르로 바꾸어 길란에 저택을 사고 문란한 생활을 보내고 있다고 한다.

샤가드는 나르사스를 맞이해 넓은 방에 모든 하인들을 불러모았다.

"내 친구를 소개하마. 이자는 나르사스라고 하는데, 어떤 훌륭한 가문의 도련님이다만 파르스에서 제일 똑똑하고 제일 성격이 더러운 친구지."

"너무 그렇게 칭찬하지 말게나. 난 겸허한 사람이라네."

시치미를 뚝 떼고 말한 나르사스는 샤가드와 함께 방을 나와 바다가 내려다보이는 노대에서 술을 다시 마시기로 했다. 엘람은 커다란 세리카풍 부채를 빌려다 두 젊은 귀족을 부쳐주었다. 한동안 지난 이야기를 나눈 후 나르사스는 자신들의 처지를 설명하며 아르슬란 왕자를 도와달라고 부탁했다. 샤가드의 재능은 왕자에게 분명 도움이 될 것이다.

그러나 나르사스가 변했다고 한다면 샤가드도 변했

다. 샤가드의 저택에는 스무 명이 넘는 하인 외에도 백 명이 넘는 굴람이 있었으며 넓은 과수원에서 일했다. 그것도 노예감독의 채찍질과 무시무시한 개들에게 겁을 먹은 채. 과거에 함께 굴람 제도를 없애자고 이야기를 나눈 적도 있는데, 이제 샤가드는 희미한 웃음을 머금고 아르슬란이나 나르사스의 이상을 밀쳐내려 했다.

"굴람 제도 폐지 같은 헛소리도 없지. 굴람이란 이 세상에 없어서는 안 될 존재일세. 당연한 것 아닌가."

"박해받는 굴람은 자네와 다른 의견을 가지고 있지 않겠나."

"모든 굴람이 박해를 받는 것도 아닐세."

"자네 말치고는 허술한 궤변이로군. 인간으로 태어나 금전에 몸이 매매되는 그 자체가 인간의 길에 어긋난다고 전에 자네가 그러지 않았던가."

"그때는 나도 세상물정을 몰랐거든. 하지만 이제는 잘 아네. 나르사스, 자네의 생각은 그저 동화에 나오는 이야기일 뿐이야."

샤가드는 매우 값비싼 나비드를 세리카의 옥배玉杯로 마셨다. 나르사스를 보는 눈동자가 희뿌옇고 기묘한 빛을 뿜어냈다. 다이람 지방의 옛 영주는 매우 불쾌해졌다. 엘람을 맡겨야겠다는 생각까지 했을 정도로 신뢰했던 친구가 어쩌다 이렇게까지 속세의 때에 찌들어, 부당한 특권을 지키려는 생각에 사로잡히게 되었을까.

"다시 한 번 말하겠네만 굴람 제도는 절대 폐지할 수 없네, 나르사스. 애초에 굴람들도 자각이 없거든. 그놈들은 이렇게 말할 거야. 자유 따위 필요 없다, 자비로운 주인님이 필요하다고."

"뼈에 사무치게 잘 아네."

아버지의 뒤를 이어 다이람 영주가 되었을 때 나르사스는 집안의 굴람들을 해방했다. 그러나 아르슬란에게 말했듯 실패로 끝나고 말았던 것이다.

"그러나 시간을 들여 바꿔나갈 걸세. 아무리 느린 걸음이라도 한 걸음을 내디디면 어쨌거나 한 걸음은 목적지에 가까워지지. 선 채로 한 걸음도 움직이지 않고 실패할 게 뻔하다고 잘난 척 논평이나 해봤자 세상은 바뀌지 않아."

설교하는 어조였으나 사실 나르사스는 자기 자신을 그렇게 타이르는 것이었다.

"아니면 그대는 자신의 몸을 금전으로 매매당해도 기쁘단 말인가? 최소한도의 상상력을 발휘해보게. 그것조차 잊어버렸나, 샤가드?"

"그런 건 계집이나 아이들의 감상이야. 감상으로 국정을 움직일 수 있겠나."

"감상과 이상의 구별도 못하게 된 모양이군, 그대는.

길란의 태양에 눈이 멀어서 세상의 모순을 볼 시력을 잃었나?"

나르사스의 목소리에 분노가 깃들었다. 샤가드의 과수원에서 본 굴람들의 모습을 떠올렸다. 등에는 채찍으로 얻어맞은 흉터. 발목에는 쇠사슬. 표정에는 절망과 두려움이 있었다. 그러한 것들을 안겨준 자는 샤가드였다.

"스스로는 무엇 하나 하지 않으려는 주제에 타인의 이상을 비웃으며 만족하는 자들을 비열한卑劣漢이라고 하네."

"내가 비열하다고?"

샤가드는 두 눈에 노기를 번뜩였다.

"나를 비열한 자라 부르다니, 자네라 해도 용서할 수 없네, 나르사스."

"나도 그렇게 부르고 싶지 않아. 그대가 예전과 완전히 달라져 마음이 아플 뿐일세."

나르사스는 내뱉고, 두 사람은 정면으로 서로를 노려보았다.

엘람은 조마조마한 심정으로 두 사람을 번갈아 바라보았다. 그는 완전히 나르사스의 편이기는 했지만 주인이 옛 친구와 크게 다투는 일이 생기면 안쓰러울 수밖에 없다. 그런 엘람의 시선을 느끼면서 나르사스는 간신히 자제하고 있었다. 샤가드가 의기양양 떠들어대리란 사실은 이미 예측하고 있었다. 그러나 자신은 아르슬란 왕자를 추대하여 세상을 변혁하는 데 의의가 있다고 생각했기에 은자의 평온한 생활을 버리고 함께 싸우고 있다.

아르슬란의 뜻은 높다. 그러나 너무 높은 곳을 날면 지상의 인간들은 그 뒤를 따라갈 수가 없다. 샤오는 지상을 통치하는 존재이며, 우선 지상의 인간들을 이해시켜야만 했다.

굴람 제도 폐지는 인도적으로 완전히 옳다. 그러나 그러기 위해서는 굴람 없이 사회와 경제를 꾸려나갈 수 있도록 태세를 갖추어야만 한다. 굴람들 자신에게도 자립할 수 있도록 교육을 하고 토지나 농기구나 종자나 자금을 제공해야만 한다. 토지는 황무지를 개척한다 해도 자금은 어디서 가져올 것인가. 하늘에서 디나르가 쏟아지는 것도 아니다. 이상은 높게 가지되, 현실을 확실하게 내다보아야만 한다.

그런 점을 나르사스는 생각해야만 했다. 고심해야 할 부분이기도 했다. 그러기 위해서라도 옛 친구를 왕태자의 편으로 끌어들이려 했거늘, 정면으로 부정당한 것이다.

민망한 분위기 속에서 여름 햇살은 기울어 밤이 되었다. 나르사스는 옛 친구의 설득을 체념하고 엘람과 함께 저택을 나왔다. 샤가드는 그 모습을 바라보았으나 금방 문을 닫아버리고 모습을 감춰버렸다. 굳은 거절을 의미하듯 닫힌 문을 돌아본 나르사스는 빠른 걸음으로 밤길을 걷기 시작했다. 엘람이 한 걸음 뒤늦게 따라오며 말을 걸었다.

"나르사스 님……."

"내가 알던 친구는 이제 옛날 그 친구가 아니구나. 서로 사랑했던 남녀조차 이별하는 일이 드물지 않은데, 하물며 친구라면야."

나르사스는 여름 밤바람에 어깨를 움츠렸다.

"엘람, 너를 저자에게 맡길 생각이었다만 그러지 않기를 정말 잘했다는 생각이 든다. 저놈은 너를 굴람 취급하고 정부들의 신변 잡무나 맡겼을지도 모르겠다. 네가 채찍으로 얻어맞는다니, 생각만 해도 소름이 끼치는구나."

나르사스는 실망을 금할 수 없었다.

그러나 실망하고 있는 동안, 그가 써 두었던 수는 다른 곳에서 효력을 발휘하기 시작했다. 밤길에 가벼운 발소리가 들리고 알프리드가 나타났다.

"이쪽은 잘됐어, 나르사스!"

같은 날 밤, 길란 총독 펠라기우스는 세리카의 상인에게서 '살아있는 선물'을 받기로 해 기대를 품고 있었다. 세리카 교역상인이라면 지역 유지에게 단물을 빨게

해 주는 것도 사업의 일환임을 잘 안다. 총독의 비위를 거슬렀다가 사업에 방해를 받아서는 안 된다. 고국에서 파르스 식으로 말하자면 1천 파르상(약 5천 킬로미터)의 해로를 거쳐 목적지에 도착했는데 '살아있는 선물', 다시 말해 미녀를 총독에게 제공하는 정도는 아무것도 아니었다.

그런고로 펠라기우스 총독은 그날 밤 매우 큰 기대를 품고 있었다. 아르슬란 왕태자와 정체 모를 부하들은 이래저래 트집을 잡아 쫓아내버릴 생각이었다. 길란은 그에게 풍요로운 비밀의 화원이었으며, 왕태자라는 이름의 도적 따위가 어지럽히도록 놓아둘 수는 없었다. 파르스의 왕도 엑바타나나 파르스 왕실 따위가 어찌 되든 알 바 아니었다. 가령 안드라고라스가 완전 승리를 거두어 펠라기우스의 죄를 묻게 된다면 부정하게 축재한 재산을 들고 해로를 통해 외국으로 도망칠 생각이었다. 반대로 루시타니아군인지 하는 자들이 전국을 제압하게 된다 해도 그럴 생각이었다. 뒷일이야 어떻게 되든 그와는 상관이 없다.

고대하던 미녀가 찾아온 것은 사람의 이목을 피한 심야였다. 두꺼운 베일을 뒤집어쓰고 외국인으로 보이는 종자를 대동했다. 무기를 소지하지 않았음을 확인받고 여자는 총독 앞에 모습을 나타냈다. 베일을 치우자 질은 녹색 눈동자가 총독을 가만히 바라보고 있었다.

"오오, 이거이거, 지상의 달이라 불러야 할까, 살아
있는 보석이라고 해야 할까. 그대의 아름다움에는 미의
여신 아시도 존재감을 잃겠구나. 마치 태양 같은 눈동
자……."

취한 나머지 헛소리를 지껄이며 총독 각하는 즉각 미
녀를 희롱하려 했다. 미녀는 '어머'라느니 하는 말을
중얼거린 것 같았다. 그 목소리에 자극받아 총독은 콧
김을 씩씩거리며 끌어안으려 했다.

갑작스러웠다. 하늘과 땅이 뒤집어졌다. 총독은 여자
에게 손목을 붙들려 그야말로 멋들어지게 바닥에 내동
댕이쳐지고 말았던 것이다. 둔중한 소리가 울려 퍼지면
서 총독은 등에 묵직한 아픔을 느꼈다. 호흡이 멈춰 목
소리도 낼 수 없었다.

무례하게도 총독 각하를 바닥에 패대기친 미녀는 거추
장스럽다는 듯 베일을 뜯어냈다. 동행했던 종자가 표범
처럼 달려들어 총독의 몸을 그야말로 솜씨 좋게 묶어버
렸다.

"수고하셨네, 자스완트."

미녀가 처음으로 말을 했다.

"성현왕 잠시드의 법과 섭리에 따라 인간 세상의 악을
벌하겠다. 소소한 악이라 하더라도 눈앞에 있으면 내버

려둘 수 없는 법이니 말일세."

"너, 너는 그 카히나……!"

총독이 간신히 목소리를 쥐어짜내자 파랑기스는 아리따운 냉소를 흘렸다.

"겨우 알아차리시다니, 어이가 없군. 나 같은 절세미녀가 둘이나 되리라 생각하셨나?"

"어, 어째서 이런 난폭한 짓을 하느냐. 내가 대체 무엇을 잘못했다는 게냐."

"잘못을 저지른 후에는 늦어서 말일세. 우리의 군사님께서는 선수를 치는 것을 좋아하시지."

그때 '떠돌이 음유시인'이 모습을 나타냈다. 기이브가 싱글싱글 웃으며 오른손 손바닥 위에서 이리저리 굴리던 조그만 금속제 물체를 보고 총독은 하마터면 졸도할 뻔했다. 그것은 그의 금고 열쇠였던 것이다.

이윽고 아르슬란과 다륜이 모습을 나타냈고, 나르사스 일행도 합류하여 일동이 모두 모였다.

"왕태자 전하, 길란 총독 펠라기우스 경이 기특한 청을 올렸나이다. 지난 3년 동안 그가 축재한 모든 재산을 전하의 군자금으로 제공하겠다 하옵니다."

파랑기스가 공손히 아뢰었다. 그 옆에서 펠라기우스는 눈을 껌뻑이며 얼굴을 붉으락푸르락 물들이는 꼬락서니였다. 외국으로 도망치기는커녕 그보다도 훨씬 이른 시점에서 그는 왕태자 측의 선제공격을 받고 말았다. 파랑기스가 총독을 상대하는 동안 기이브는 관저의 여자 굴람들을 구워삶아 순식간에 총독의 비밀금고 소재지를 밝혀내고 열쇠를 훔친 것이다.

"그야말로 쓸모 있는 자로고."

기이브가 자화자찬했으나 정말 말 그대로였으며, 이런 짓은 다륜 같은 자들에게는 도저히 불가능하다. 이를 알기에 파르스 최고의 용장도 쓴웃음만을 지었다. 총독은 어땠는가 하면, 쓴웃음은 고사하고 부정의 증거를 확보당하는 바람에 꿇어 엎드려 용서를 빌 수밖에 없었다.

"법의 틀 안에서 총독이 벌어들인 몫은 남겨주어도 되지 않겠는가."

아르슬란의 지시에 펠라기우스 총독의 손에는 디나르 1만 닢의 재산이 남았다. 죽을 때까지 생활하는 데 고생할 일은 없을 것이다.

"왕태자 전하의 후의를 고맙게 생각해라. 원래는 전 재산을 몰수하고 종신형에 처함이 마땅하니. 이러고도 만일 애먼 원한을 품는다면 영원히 돈이 필요 없도록 해주마."

다륜이 노려보자 총독은 넙죽 엎드려 고개를 조아렸다. 총독이 꽁꽁 묶인 채 다륜에게 감시당하는 동안 나르사스는 왕태자명으로 냉큼 포고문을 작성했다. 이리하여 날이 밝은 것과 동시에 총독 펠라기우스 해임 및 추방이 공표되었다.

총독관저는 그대로 왕태자부로 바뀌었다. 나르사스는 총독의 부정한 자산 중 디나르 1만 닢을 꺼내 드라흠(은화) 20만 닢으로 바꾸어 길란의 서민들에게 나누어 주었다. 이는 단순한 인기몰이 작전이었으나 이런 일이 필요할 때도 있는 법이다. 아무튼 이제까지의 총독과는 다르다는 인상을 남겨줄 필요가 있었다.

정오가 되기 전까지 구라즈를 비롯한 서른 명의 해상상인이 왕태자 전하의 안부를 물으러 찾아왔다. 구라즈는 제법 실력 있는 자여서, 재빨리 해상상인들의 무리를 조직해 왕태자를 지지하는 세력을 길란 시내에 만들기 시작했던 것이다. 단순한 허풍선이만은 아니었다.

이때 구라즈에게 이끌려 온 해상상인 중 하나가 기묘한 이야기를 꺼냈다. 길란 부근에 해적들의 막대한 보물이 숨겨져 있다는 말이었다.

"해적의 보물이라. 흐음……."

이야기를 듣고 나르사스는 고개를 갸웃했다. 원래 '사내아이'들은 보물찾기니 비밀의 동굴 같은 것들을 매우 좋아한다. 나르사스도 예외는 아니었으나, 너무나도 황당무계한 이야기라 믿을 마음이 들지 않았다. 보물찾기나 할 상황도 아니었다. 그래도 이야기는 들어보았다.

그 숨겨진 보물이란 80년 전에 '해적왕'이라 불렸던 아하바크라는 인물의 것이었다고 한다. 그는 어딘가의 섬에 독립국을 건설하기 위해 재물을 축적했다는데, 어쩌면 그저 욕심이 많았을 뿐이었을지도 모른다. 아무튼 아하바크는 그 당시 백 척이 넘는 무장상선과 군선을 가지고 남쪽 바다를 지배했다. 게다가 전사하지도 사형당하지도 않아, 자신의 기함에 마련된 호화로운 선실에서 편안한 노후를 맞아 숨을 거두었다.

사실 '해적'이라고 단정을 짓고는 있지만 이들도 원래는 무장한 해상상인이었다. 바다에서는 스스로 자신을 지켜야만 한다. 폭풍에 대비해 배를 튼튼하게 만들고 약탈을 막기 위해 승무원들에게 무기를 들려준다. 사업 교섭이 결렬되면 무력으로 자신의 이익을 지킬 때도 있다. 원래는 필요에 따라 어쩔 수 없이 무장하는 것이다.

그러나 교역이 확대됨에 따라 약탈만으로도 충분히 사업을 꾸려나갈 수 있게 되었다. 이리하여 전업 해적이 출연했는데, 아하바크의 경우 해상상인으로서 거둔 이익과 해적질로 번 재물의 경계선이 뚜렷하지 않았다. 아무튼 막대한 부를 축적했던 것은 분명했다. 그리고 그가 죽은 후 그 재물이 어디론가 사라지고 말았다는 것도 사실이었다. 그 재물은 무려 디나르 일억 닢에 이른다고 한다. 게다가 각종 보석, 진주, 은괴, 상아 등등 계산할 수 없을 만한 보물이라는 것이다.

그 막대한 재물이 길란 항구 동남쪽 해상 10파르상(약 50킬로미터) 거리에 있는 사프디 섬에 감추어져 있다는 이야기였다. 사실이라면 이를 발견했을 때 아르슬란은 엄청난 군자금을 손에 넣게 된다. 펠라기우스 총독의 비자금 따위 푼돈으로나 보일만한.

나르사스는 다른 사람들의 의견을 들어보기로 했다. 다륜은 어깨를 으쓱했을 뿐 말이 없다. 파랑기스도 쓴 웃음을 머금었다.

"디나르 일억 닢이라. 좀 믿어지지 않는 이야기로고."

"일억 닢이란 걸 누가 세어봤을까?"

알프리드는 소박한 의문을 제기했다. 기이브는 짐짓 심각한 척 고개를 끄덕였다.

"누가 아니라나. 내가 비축한 돈은 그 100분의 1밖에 안 되는데."

아르슬란이나 엘람은 역시 소년인 만큼 흥미진진한 표정이었지만 진담이라 여기지는 않았다. 다륜이 화제를 바꾸었다.

"그런데 나르사스, 해적 퇴치 쪽은 책략을 세워놨나?"

"그래. 그쪽은 걱정할 거 없어. 맡겨만 달라고."

나르사스는 가볍게 넘겨버렸다.

닷새 후, 호되게 당했던 해적들이 다시 쳐들어왔다. 그들도 진지해졌는지 스무 척 정도 되는 군선을 나란히 세우고 도검이며 창으로 무장한 채 길란 만으로 침입했다. 요란하게 파도를 박차며 저 멀리서 침입해 들어왔을 때, 항구에는 배 한 척 없었으며 길란은 무인지대인 것처럼 조용했다.

때로 과거의 승리나 성공은 인간을 오만하게 만든다. 항구의 정적을 본 해적들은 착각했다. 얼마 전의 습격에 혼이 난 길란 시민들이 겁을 먹고 틀어박혔다고 지레짐작한 것이다. 혼쭐이 났던 것은 자기네들 쪽인데도, 그것은 우연일 뿐 진짜로 덤비면 쉽게 이길 수 있으리라 생각했다.

"배에 올라타게 놔둔 것이 지난번 실패의 이유였지. 이번에는 그렇게 안 될 거다. 어디에서 온 바보 멍청이들인지는 몰라도 찾아내어 돛대에 매달아주마."

해적들은 복수의 쾌감을 상상하며 도취되어 있었다. 산 채로 돛대에 매달고 밑에서 화살을 쏘아 고슴도치처럼 만들어 죽이는 것이 그들의 복수 방법이었다.

스무 척의 해적선은 항만 내를 자기네 안방처럼 휘젓고 다녔다. 지상의 도시를 향해 불화살을 쏘고 부두를 향해 투석기를 쏘며 한동안 멋대로 설쳐댔다. 그러나 막상 상륙하려고 옥서스 강 하구 부근으로 향했을 때 사정은 돌변했다. 돛대 위에서 감시병이 절규한 것이다.

"홍수다!"

비명과 함께 옥서스 강에 물의 벽이 솟아났다.

나르사스는 옥서스 강의 흐름을 모래자루로 막아두고 물이 넘쳐나기 직전의 상태로 만들었다가, 해적선이 항만 내로 들어왔을 때 모래자루를 무너뜨려 홍수를 일으켰던 것이다.

작전치고는 그리 복잡하지 않다. 다만 모래자루를 쌓으려면 옥서스 강의 수류 상태를 잘 알고 있어야만 하며 어느 정도 물을 며칠에 걸쳐 저장할지, 어느 방향으로 홍수를 유도할지, 항구에 피해를 입히지 않으려면 어떻게 해야 할지에 대해 자세한 지식과 면밀한 계산력이 필요했다. 나르사스는 이를 모두 마련해두었다.

"불을 지르게!"

기이브를 향해 나르사스가 지시를 내렸다. 이미 준비는 갖춰두었다. 서른 척 남짓한 조그만 뗏목이 옥서스 강 수면으로 밀려나갔다. 뗏목 위에는 솜 자루가 실려 있었으며 여기에는 장뇌와 역청(타르)을 듬뿍 먹여놓았다. 불화살이 꽂히자 뗏목은 순식간에 불덩어리로 변했다.

불덩어리가 급류를 타고 해적선에 몰려들었다. 홍수의 대파에 얻어맞은 해적선은 어떤 배는 넘어지고 어떤 배는 사주沙柱로 밀려나갔으며 어떤 배는 강기슭까지 올라가 항행의 자유를 잃어버렸다. 뗏목에 충돌한 배는 순식간에 타올라 불꽃이 하늘을 찌를 듯 높이 솟아올랐다.

연기와 비명이 해적선의 갑판에 넘쳐났다. 불에 휩싸인 해적들의 몸이 잇달아 해면에 떨어져서 불의 폭포가 흐르는 것 같았다.

간신히 해상으로 탈출하는 데 성공한 해적선 세 척도 돛대는 부러지고 갑판은 물바다가 되고 키는 망가졌으며 승무원도 열 명 이상 파도에 휩쓸리고 말았다. 전력으로는 전혀 쓸모가 없었다. 게다가 망연자실하고 있을 때 제2파의 공격이 밀려들었다. 이번에는 검의 공격이었다.

"봐주지 마라. 한 놈도 살려서 돌려보내지 않을 작정으로 싸워라."

나르사스가 지시했다. 여기서 해적들을 놓쳤다간 반드시 또 보복을 꾀할 것이 분명했다. 철저히 비정해져서 완전히 때려눕혀야만 했다. 영원히는 아니겠지만 될 수 있는 대로 오랫동안 길란을 안전하게 만들어두고 싶었다. 이번 작전은 나르사스에게는 단순한 잔재주일 뿐이었다. 그러나 잔재주면 충분했다.

나르사스의 머릿속에는 정확하고 정밀한 파르스 전역 및 주변 국가들의 지도가 그려져 있다. 산이며 평야, 강과 사막, 그리고 도시와 가도 등등이 온갖 숫자와 함께 면밀하게 기록되어 있다. 젊은 군사는 파르스에서 가장 박식한 지리학자이기도 했다.

옛 다이람 영주의 이상한 점은, 뇌리에 그림을 그리는 데는 천재지만 일단 손에 붓을 들면 완전히 표현력이 사라져버린다는 점이었다. 본인은 인정하지 않지만 다륜이나 엘람은 그 사실을 잘 안다. 엘람은 아무 말도 하지 않지만 다륜은 가차 없이 평가했다. 그래도 나르사스와의 우의가 깨지지 않는 이유는 두 사람이 서로 신뢰하기 때문이리라고 엘람은 생각했다. 또한, 유감스럽게도 샤가드라는 사람은 다륜 님보다 기량이 떨어질 게 분명하다고도…….

나르사스의 지시를 받아 공략에 나선 것은 구라즈와 그의 지인들이었다. 50척 남짓한 작은 배들이 해적선에 몰려들고, 단창을 휘두르는 구라즈를 선두로 사내들이 뛰어올랐다.

이날 스무 척의 해적선은 한 척도 도망치지 못했으며 2500명은 되었으리라 여겨지는 해적들도 탈출한 자는 50명이 채 못 되었다. 사로잡힌 자가 300명 정도. 다른 자들은 모조리 물이나 불이나 칼에 죽었다. 바다에 인접한 절벽 위에서 유유히 구경하던 나르사스는 아르슬란에게 제안했다.

"전하, 이번 일이 해결된 후에는 저 구라즈를 길란의

총독 대리로 임명하시는 것이 좋겠습니다."

나르사스는 논공행상의 결과로 이 인사를 아르슬란에게 권한 것이 아니었다. 구라즈를 길란 총독으로 임명하면 그는 당연히 아르슬란에게 호의를 가진다. 가령 샤오 안드라고라스 3세가 이 인사를 불쾌하게 여겨 구라즈의 총독 취임을 취소한다면 구라즈는 안드라고라스에게 분노를 품고 아르슬란의 편을 들 것이 분명하다.

다시 말해 나르사스는 공로자에게 후하게 보답한 것과 동시에 유능한 아군을 확보해둔 것이었다.

나르사스의 입장에서는 당연한 포석이었다. 언젠가 아르슬란과 안드라고라스의 결렬은 피할 수 없다. 그렇다면 아르슬란의 편을 늘려두고 풍요로운 길란을 그 세력범위의 중심으로 확보해두는 것이 당연하다. 원래 안드라고라스는 뛰어난 무장이며 전장의 영웅이다. 힘으로 외적을 물리치고 국내를 통제하는 데 열심이었다. 교역과 이로 인해 생산되는 부에 무관심하지는 않았으나 그것도 육로로 치우쳐 있었다. 그에게 파르스를 지배하는 핵심은 왕도 엑바타나와 대륙공로 두 곳이었으며 길란이나 남부 해안 지방의 비중은 적었다.

"그렇기에 안드라고라스 폐하는 왕태자 전하를 남쪽으로 추방하신 거지만, 이는 하늘이 내리신 기회나 마찬가지지. 일단은 파르스의 남부 절반을 차지해볼까."

엘람을 돌아보며 나르사스가 대담하게 웃었다. 그 남쪽 절반까지도 안드라고라스가 먹으려 들면 그때야말로 사태는 결정적인 것이 되리라.

이때 이미 나르사스는 육지의 파르스와 바다의 파르스라는 이중 구조의 국가를 구상했던 것이다. 강대한 샤오의 권력과 무력으로 지배되는 단일국가는 강한 것 같으면서도 사실은 약하다. 국가를 지탱할 기둥은 하나여서는 부족하다.

"왕권 따위 어차피 사라지는 법. 그러나 파르스 그 자체는 살아남았으면 좋겠거든."

사왕 자하크에 의해 성현왕 잠시드의 왕통은 끊어졌으나 새로이 영웅왕 카이 호스로의 왕조가 태어났다. 이 왕조도 영원히 이어지지는 않을 것이다. 언젠가 깨끗하고 새로운 왕조로 바뀐다.

이러저러해서 나르사스의 계략은 모조리 적중했으나 한 가지 커다란 오산은 새로운 길란 총독의 인선이었다. 옛 친구 샤가드를 앉혀놓을 생각이었지만 그가 더는 신뢰할 수 없음을 알았으므로 예정을 변경할 수밖에 없었다. 다행히 구라즈라는 인재를 손에 넣었으므로 나르사스의 계획은 그리 뒤틀리지 않고 넘어갈 수 있었다. 하지만 나르사스는 샤가드가 마음에 걸렸다. 그가 나르사스에게 이제는 반발마저 품고 있음은 명백했다.

그것이 반발로 그칠까, 아니면 좀 더 적극적인 악의로 이어지게 될까…….

그러나 옛 친구만 신경 쓸 때가 아니었다. 두목이었던 해적 중 하나가 사로잡혀서 그를 심문해야만 했다.

아르슬란 앞으로 끌려온 해적은 바닷바람에 그을려 신두라인처럼 까무잡잡했으나 파르스인이 틀림없었다. 얼굴에 칼자국이 있고 수염도 뻣뻣했으며 눈빛도 사나웠다. 척 보기에도 제대로 된 농민이나 기술자는 아닌 것을 알 수 있었다. 이자가 모종의 중대한 사실을 알고 있을 것 같다는 이야기였다.

"왕태자 전하, 이 자리는 저에게 맡기고 그저 지켜보기만 해 주십시오."

다륜이 평소 같으면 입에 담지 않을 말과 함께 심문관 역할을 자처했다. 이것저것 캐물었지만 해적의 입은 열릴 줄을 몰랐다.

"그렇군. 이야기할 마음이 안 든단 말이지. 그렇다면 어쩔 수 없지."

다륜이 무거운 어조로 말했고, 그 목소리는 불길하게 느껴졌다. 해적은 흠칫 몸을 움츠렸다.

"뭐, 뭔데. 뭘 하려는 건데?"

"고문."

다륜의 말에 놀란 사람은 해적보다도 오히려 아르슬

란이었다. 다룬은 전장에서는 용감무쌍하지만 저항하지
못하는 자를 고문에 처하는 인물은 아니었을 텐데. 그
러나 아르슬란은 입을 다물고 있었다. 약속했으며, 다
룬이 고문을 할 리가 없다, 무언가 생각이 있어서 하는
소리일 거다, 그렇게 생각했기 때문이다.

해적은 허세를 부렸다.

"고, 고문을 해봤자 동료를 배신하는 짓은 하지 않을
거다. 날 우습게보았군. 설령 손톱을 뽑아봤자, 불탄 부
지깽이로 지져봤자 한 마디도 하지 않을 거다."

"그런 야만스러운 방법은 쓰지 않아. 뭐니 뭐니 해도
파르스는 문명국이니까."

씨익 웃은 다룬은 한 손을 내밀어 나르사스를 끌어당
기더니 해적에게 대고 협박하기 시작했다.

"자, 어서 말해라. 안 그러면 이놈에게 네 초상화를
그리게 할 테다. 그러면 무서운 일이 벌어지지."

"……이봐. 그게 무슨 뜻이지, 다룬."

"자자, 이 자리는 나에게 맡겨달라니까."

시치미를 뚝 떼고 속삭이더니 다룬은 해적을 돌아보았
다. 짐짓 준엄한 표정을 지으며 무겁게 말을 이었다.

"이자는 벌레 한 마리 죽이지 못할 것처럼 생겼지만
사실은 동방의 세리카에서 마도를 익혔거든. 특기는 그
림을 이용한 마도 기술이지. 이놈이 남의 초상화를 그

리면 소재가 된 자는 생명력을 빨아먹혀 백 살이 넘은 노인처럼 변하고 만다. 거짓말이라고 생각하면 이 자리에서 시험해볼까?"

그 이야기를 듣는 동안 해적은 낯빛이 창백해지더니 몸을 떨기 시작했다. 다른 사람이 말했다면 이러한 이야기를 믿지 않았겠지만 얼마 전에 다룬의 무용을 본 다음이라 처음부터 압도되고 말았다. 또한 성실하기 그지없는 다룬의 얼굴을 보면 도저히 허풍을 떨 것처럼 보이지는 않는다. 게다가 원래 이 해적은 미신을 잘 믿는 자였다.

한참 협박을 한 끝에 해적은 결국 고백했다. 그가 아는 한도 내에서 모두. 그중에는 모두가 놀랄 만한 사실도 몇 가지 있었다. 대해적 아하바크의 보물이 사프디 섬에 숨겨져 있다는 사실을 최근 알아냈다는 말도 그의 입에서 흘러나왔다. 심문은 최대의 효과를 거두었고 해적은 옥에 수감되었다. 다룬은 심문 기술을 반 놀림과 함께 칭찬받았다.

혼자 기분이 좋지 못했던 사람은 마도의 화가로 추앙을 받게 된 나르사스였다.

"아무래도 석연치가 않아. 성공했으니 망정이지, 실패했으면 나 혼자 수치를 무릅썼을 판이 아니었나."

"그래도 나르사스가 있으니까 그 해적이 많은 내용을

자백한 거잖아. 나르사스가 일등 공로자야."

알프리드가 열심히 위로해주었으나 아무리 봐도 꿈보다 해몽이 좋은 것 같았다.

아무튼 이리하여 아르슬란 왕태자 일행은 해적이 숨겨놓은 막대한 보물을 찾기 위해 사프디 섬으로 떠나게 되었다. 그러나 이때 나르사스는 몇 가지 비밀스러운 생각을 궁리하고 있었다.

제3장 열왕의 재난

I

　추방되었어야 할 왕태자 아르슬란과 그의 일당이 길란 항구를 제압해버렸을 무렵. 아르슬란을 추방한 파르스 샤오 안드라고라스 3세는 페샤와르 성에 있었다. 그는 파르스 북동쪽 국경에 있는 이 성에서 대륙공로를 서쪽으로 나아가 왕도 엑바타나를 탈환할 원정길에 오를까 생각 중이었다.

　그것은 추방당하기 전에 아르슬란이 실행하던 계획이었으나 안드라고라스는 딱히 아들을 흉내 내려던 것은 아니었다. 이것 외에 다른 방법으로는 병사를 움직일 수가 없었기 때문이다. 대륙공로를 나아가는 도중에 실전이 벌어지면 얼마든지 잔꾀를 부릴 재간이 있다. 그러나 군략의 근간은 바뀌지 않는다. 육로를 따라 동쪽에서 서쪽으로. 그것뿐이다. 수로를 따라 다르반드 내해를 나아가려 해도 10만 병사를 태울 만한 배가 없다. 남쪽으로 크게 우회하여 엑바타나 서쪽으로 나가려 해도 그만한 식량의 여유가 없다. 똑바로 서진해야만 했다.

공로 위에 위치한 루시타니아군의 주요 요새도 아르슬란이 두 개는 함락시켰다. 마치 부왕을 위해 아르슬란이 공로를 청소해준 것과 마찬가지였다. 이리하여 안드라고라스는 대륙공로로 나가려 했다. 그러지 못하는 이유는 일테리시가 이끄는 투란군의 존재가 있기 때문이었다.

이제 젊은 일테리시는 지농(친왕)이 아니라 카간(국왕)이었다. 선대 카간 토크타미시를 시해하고 왕위를 찬탈한 그는 물론 정식으로 즉위식을 거행하지는 않았다. 실력과 실적으로 그의 왕위를 만인에게 인정받아야만 했다. 일테리시는 페샤와르 성채 북쪽에 병사를 모아 공략의 기회를 엿보고 있었다. 병량도 얼마 남지 않았으므로 일테리시는 질풍처럼 군을 움직여 승리와 식량을 손에 넣고 싶었다.

그러나 파르스 국내에서 샤오 안드라고라스 3세가 급속한 부활을 이루리라고는 일테리시가 상상도 할 수 없는 일이었다. 바로 며칠 전까지만 해도 10만 대군을 이끌던 왕태자 아르슬란은 대체 어디로 사라졌단 말인가. 또한 아르슬란의 좌우 양익이라고 불러야 할 용장 다륜과 지장 나르사스는 어떻게 되었는가. 첩자를 풀어놓은 정도로는 자세히 알아볼 방법이 없었다. 정말 파르스에서는 무슨 일이 일어났단 말인가.

그러나 일테리시는 갈팡질팡 생각에 잠길 여유가 없었다. 싸워서 이기지 못하면 선왕을 살해하고 자립한 일테리시의 정의를 주장할 수가 없다. 또한 원래 일테리시는 생각에 빠지기보다는 결단과 행동을 중시하는 사내였다.

"페샤와르를 함락하고 안드라고라스의 목을 베어주마. 그리고 성내의 재물과 식량은 모조리 그대들에게 나눠 주지. 목숨을 아끼지 말고 싸우도록."

여전히 건재한 장병들을 격려하고 일테리시는 군을 이끌어 페샤와르 성으로 육박했다. 뜨거운 모래를 피워올릴 것 같은 그 행군은 파르스군의 첩자에게 알려져 마르즈반 키슈바드에게 보고되었다. 그는 다시 이를 샤오 안드라고라스에게 알렸다.

"투란의 광전사가……."

일테리시를 타히르(쌍검장군) 키슈바드는 그렇게 표현했다.

"대군을 이끌고 다시 이 성으로 몰려오고 있사옵니다. 그 움직임에 무시무시한 각오가 엿보인다 하옵니다."

"각오만으로 이길 수 있다면 이 세상에 패전이란 존재하지 않는다."

안드라고라스는 나직하게 웃었다. 안드라고라스는 일테리시가 태어나기 전부터 전장에 나가 전쟁의 무서움을 깨달았던 것이다. 올해 마흔다섯 살인 안드라고라스는 웃음을 거두고는 생각에 잠겼다가, 어전에서 고개를 조아린 키슈바드에게 말했다.

"아무튼 투란의 광전사 놈들은 공성에 약하다. 페샤와르의 성벽으로 놈들에게 경거망동의 대가를 치르게 해주자."

그렇게 말하기는 했으나 안드라고라스는 오래도록 투란군에게 얽매일 수 없었다. 하루라도 빨리 페샤와르를 떠나 왕도로 원정을 나가야만 했다. 그러려면 배후의 적인 투란군을 완전히 박살내버려야 했다. 하지만 투란군은 강하다. 인정하고 싶지 않아도 그것이 현실이다. 물론 패배하리라고는 생각하지 않아도 이기기 위해서는 대가를 치러야만 하는 것도 사실이었다. 인명과 시간을. 어느 쪽도 현재 파르스군에게는 귀중했다.

어전에서 물러난 키슈바드는 샤오를 위한 필승의 비책을 짜야만 했다. 성내에 있는 또 다른 마르즈반 쿠바드는 샤오의 반경 10가즈(약 10미터) 이내로는 다가가려고도 하지 않고 술만 마셨다. 샤오도 쿠바드를 가까이 두려 하지 않았다. 마음고생은 키슈바드가 떠맡아야만 했다. 이를 불만스럽게 여긴 것은 절대 아니지만.

"이럴 때 나르사스 경이 있다면."

키슈바드는 한숨을 쉬었다. 짧은 시일 내로 투란군을 격파하려면 상당한 궤계詭計가 필요했다. 이를테면 얼마 전 나르사스가 강구했던, 투란군끼리 싸우게 만드는 그런 책략이.

현재 페샤와르 성에 있는 안드라고라스도 키슈바드도 쿠바드도 전장의 영웅이기는 하지만 그러한 궤계는 특기가 아니었다. 어떻게 해야 할지 생각에 잠긴 키슈바드가 문득 눈썹을 틀어올렸다. 짐작 가는 바가 있었던 것이다.

예전에 군사 나르사스가 왕태자 아르슬란과 함께 페샤와르 성에 있었을 때, 키슈바드에게 편지 한 통을 맡긴 적이 있었다.

『만일 키슈바드 경이 이 성에 있고 극히 짧은 기간 내에 공성군을 격퇴해야만 한다면 이 책략을 써 보게. 어느 정도는 도움이 될 걸세.』

그리고 그 직후 안드라고라스 왕의 생환과 왕태자 추방이 이어져 키슈바드는 이를 잊어버리고 있었다. 새삼

스레 기억을 떠올린 키슈바드는 나르사스의 계획서를 읽고 연신 고개를 끄덕였다. 그는 쿠바드의 방을 찾아가고, 여기에 이스판을 불러다 의논했다.

6월 22일 저녁, 투란 카간을 자칭하는 일테리시는 전군을 이끌고 북방에서 페샤와르 성에 육박했다.

투란군은 이미 맹장 타르칸을 비롯한 여러 장수를 잃었으며 병력도 3만 정도로 줄었다. 그래도 투지와 박력은 여전했다. 지축을 울리고 중천까지 흙먼지를 피워올리며 쇄도했다. 그에 대한 파르스군의 대응은 허를 찔렀다. 스스로 성문을 열고, 찬연한 갑주의 강이 되어 성 밖으로 쏟아져나간 것이었다.

"호오, 성에서 나오다니. 바라던 바다."

일테리시는 두 눈을 번뜩였다. 파르스군이 페샤와르 성벽 너머에서 방어전에 들어가면 투란군도 공격에 어려움이 생긴다. 그러나 성 밖에서 야전을 벌인다면……

'절대 지지 않는다. 두 배의 적이라도 정면에서 박살을 내 주마.'

일테리시는 그렇게 생각했다. 파르스군을 상대로 이만한 자신감을 보일 수 있는 자는 일테리시 외에는 없을 것이다. 분명 한 번은 패했지만 그것은 궤계에 걸려들었기 때문이지 실력에서 뒤졌기 때문이 아니다. 그 사실을 증명해줄 생각이었다.

머리 위로 대검을 휘두르며 전군의 선두로 나간 일테리시는 가증스러운 파르스군을 향해 돌진했다.

II

비릿한 피의 안개가 지상에 흘렀다. 검과 검이 격돌하고 갑주가 부서졌으며 베여나간 몸뚱이에서 피가 넘쳐났다.

성 밖으로 나간 파르스군을 지휘하던 자는 애꾸눈 쿠바드였는데, 이때의 전투에서는 투란군에게 밀리고 있었다.

"여기서 패배하면 투란은 지상에서 사라진다! 모두 죽을 각오로 싸워라!"

일테리시의 명령은 처절했으며 투란군 또한 강했다. 창날을 가지런히 내밀고 맹렬히 전진해 파르스군의 대열을 무너뜨렸다. 양군의 검과 창이 얽혀 저물어가는 하늘에 으스스한 금속성을 울렸다.

"결사대로구만. 고분고분 맞서 싸우는 것도 어리석은 짓이지."

쿠바드는 중얼거렸다. 그의 대검과 갑주는 투란군의 피로 붉게 덧칠되었으나 개인의 무용만으로는 전체의 기세를 뒤집을 수 없는 법이었다.

"퇴각!"

큰 목소리로 명령한 쿠바드는 냉큼 말을 돌려 퇴각하기 시작했다. 그의 부하들도 하나하나 검을 거두고 기수를 돌려 물러났다. 처음에는 질서정연한 퇴각이었으나 일테리시가 이 기회를 놓치지 않고 굶주린 사자처럼 달려들었다.

전진하는 투란군과 물러나는 파르스군의 군열이 뒤섞여 격렬한 난전이 벌어졌다. 이리저리 휘둘러대는 칼은 베는 것이 아니라 두드려 패는 무기로 바뀌어 갑주 표면에 부딪혀 튕겼다. 무턱대고 얽히면 그대로 움직이지 못하고 요동치는 인마의 파도에 휩쓸린 뒤, 안장에서 떨어져 말발굽에 짓밟히기 일쑤였다.

그러나 난전의 추세는 차츰 파르스군이 투란군의 공세에 밀리는 형태를 보였으며, 인마의 파도는 페샤와르 성벽에 닿기 직전이었다.

"돌입하라! 페샤와르 성은 우리 것이다!"

안장 위에서 발돋움을 하며 일테리시가 고함을 질렀다. 그때 새로운 함성이 터지더니 오른쪽 전방에서 파르스군의 한 부대가 쇄도했다. 이를 지휘하는 기사는 마르즈반 샤푸르의 동생 이스판이었다. 그가 이끄는 병력은 기병 2천 정도였다.

"시건방진 놈. 밟아버려라!"

일테리시의 명령을 받아 투란군은 돌진해 파르스군을 짓밟았다. 이 부대는 허술했다. 즉시 진형이 무너지고 이스판 자신도 일테리시와 검을 나누었지만 금세 기수를 돌려 도망쳐버렸다.

투란군은 마침내 페샤와르 성내에 난입했다. 이는 피에 물든, 용맹한 기마와 갑주의 탁류였다. 투란어로 포효가 터졌다. 피에 취한 눈을 번뜩이는 침입자들은 포석 위로 말발굽을 울리며 도망치는 파르스군을 쫓아다녔다. 노성과 비명이 교차하고 성내는 피비린내 나는 혼란에 가득 찼다.

그 모습을 성벽 위에서 바라보며 키슈바드가 고개를 끄덕였다.

"현자란 정말 귀중한 존재로군. 나르사스 경의 현묘한 계략은 본인이 이 순간 이 자리에 이 순간에도 이처럼 승리를 가져다주니 말이야."

키슈바드의 눈 아래에서는 투란군이 승리를 기뻐하며 파르스군을 짓밟으려 하고 있었다. 키슈바드는 손에 든 횃불에 불을 붙이더니 이를 높이 밤하늘로 집어던졌다.

그것이 신호였다. 성벽 위에 갑주 소리가 울려 퍼지더니 수천 파르스 병사가 몸을 일으켰다.

놀랄 틈도 없이, 돌진하던 투란군의 선두에서 비명이 터졌다. 교묘하게 숨겨둔 바닥 함정에 빠져버렸던 것이다. 말이 발버둥 치고 사람은 당황했다. 그리 깊지도 넓지도 않은 구멍이었지만 성벽 위에서 목재와 토사가 쏟아져 금세 투란군의 전방을 가로막아버렸다. 맹렬히 돌진한 침입자들은 나아가지도 못하고 물러나지도 못한 채 멈춰서고 말았다.

"쏴라!"

키슈바드의 명령이 떨어지자 성벽 위의 파르스 병사들은 일제히 활을 나란히 겨누고 지상의 투란군을 향해 화살을 퍼붓기 시작했다.

밤바람이 콰아아 울려 퍼지고, 쏟아지는 화살은 죽음의 비가 되어 투란군을 에워쌌다. 전진하지도 후퇴하지도 못하고, 피하기란 더욱 불가능했다. 투란의 병사와 말은 비명을 지르며 쓰러지고 한데 겹쳐져 시체로 변했다. 숨이 끊어진 인마의 시체 위로도 화살이 박혀 마치 바늘을 꽂은 육신의 언덕이 지상에 솟아난 것처럼 보였다.

"계략에 걸렸구나!"

일테리시는 신음하며 두 눈에 핏발을 세웠다. 성내에 끌려들어가 함정에 빠진 것이다. 파르스군에게는 야전에서 승부를 낼 생각이 전혀 없었다.

"물러나라! 탈출하라!"

그런 명령은 성문 안팎에서 이미 실행되어 투란군은 필사적으로 탈출을 꾀했다. 카를룩 장군이 목소리를 높여 아군의 진열을 가다듬고 파르스군의 반격을 되밀어 내려 했다. 그 앞을 가로막은 것은 쿠바드가 이끄는 부대였다. 창을 고쳐 든 카를룩 장군에게 쿠바드가 웃음을 지었다.

"나도 가끔은 무훈을 세워야지, 안 그러면 으스댈 수가 없거든. 내가 계속 으스댈 수 있게, 안됐지만 희생해 주게나."

"헛소리 작작 해라!"

카를룩은 분연히 창을 내지르려 했다. 쿠바드의 대검이 이를 튕겨냈다. 대여섯 합 불꽃을 뿌려댔지만 결국 쿠바드의 대검은 카를룩의 창자루를 가르더니 곧바로 돌아오며 목을 쳐 날려버렸다. 머리를 잃은 카를룩의 몸은 창을 붙잡은 채 열 걸음 정도 달리다 안장에서 떨어졌다.

이때 디자불로스 장군도 '파르하딘(늑대가 키운 자)'이라는 별명을 가진 이스판과 싸우다 단칼에 숨이 끊어졌다.

그 외에도 투란군의 유명한 기사들이 잇달아 파르스군에게 쓰러져 땅바닥의 주검이 되었다. 페샤와르 북방의 산야는 투란인들의 피 냄새로 가득 찼다.

이날 밤, 버려진 투란 장병의 시체는 2만 5천 구를 헤아렸다고 한다. 이러한 때는 머리와 몸통을 서로 다른 시체로 헤아려버리는 일도 있으므로 실제로는 분명히 그보다 적었을 것이다. 그러나 3만이었던 투란군이 병력의 대부분을 잃은 것은 사실이다. 목숨을 건진 자들도 더는 항전할 기력이 없었다. 대열을 짜지도 못한 채 뿔뿔이 다른 방향으로 도망쳤다. 승리의 기세를 탄 파르스 군사들이 이를 쫓아가 몰아붙였다.

대륙공로 북방 초원에서 용맹을 자랑하던 투란군은 이곳에서 궤멸되었다. 물론 본국에는 아직도 수만이나 되는 백성들이 남아있지만 여성과 노인과 아이들이 대부분이다. 지도자를 잃고 강대한 군대를 거의 잃어, 투란이 재건되려면 10년은 걸릴 것이다.

페샤와르 성은 대승리의 환호에 휩싸였다. 파르스군의 사망자는 천 명이 되지 않았던 것이다. 대형 홀에 여유 있게 모습을 나타낸 안드라고라스는 주된 투란 무장들의 수급을 확인하더니 키슈바드에게 물었다.

"일테리시는 어디 있느냐?"

"황송하옵니다. 놓쳤사옵니다."

일테리시의 용맹은 역시 보통이 아니었다. 그렇게나 교묘한 함정을 벗어나고는 두꺼운 포위망을 돌파하여 결국 도망쳤던 것이다. 일테리시 한 명 때문에 스무 명도 넘는 파르스 병사가 목숨을 잃었다. 처음에 그와 검을 나누고 도망치는 척을 해야만 했던 이스판이 매우 집요하게 추적했으나 결국 놓쳐버렸다.

"뭐, 되었다. 일테리시 놈은 군세를 잃었다. 그놈 혼자 아무리 용맹을 과시한들 두 팔만으로 무엇을 할 수 있겠느냐."

안드라고라스는 웃어넘겼다.

"수고하였다, 키슈바드. 왕도를 탈환한 날에는 그대의 공에 대해 후한 포상을 내리겠노라."

안드라고라스는 성내로 투란군을 끌어들이고 함정에 빠뜨리는 이번 작전을 키슈바드가 고안한 것이라고 생각한다. 키슈바드는 마음이 아팠다. 이 작전은 나르사스가 생각한 것이었다. 그러나 그 사실을 입 밖에 낼 수는 없었다. 나르사스가 절대 다른 이에게는 발설하지 말라는 글을 남겼던 것이다. 하기야 이 작전이 나르사스의 머리에서 나왔음을 알면 샤오는 불쾌해 할 것이다. 지금은 일단 공을 빌려두기로 하자. 훗날 모든 것을 밝힐 수밖에 없으리라.

그렇게 마음을 먹은 키슈바드의 귀에 전군에게 선언하는 안드라고라스의 목소리가 들렸다.

"후방의 근심은 사라졌다. 전군은 이번 달 말에 페샤와르를 떠나 왕도로 원정을 떠날 것이다. 뭇 장수들은 모두 승리를 위해 힘쓰도록."

III

승리를 기뻐하는 왕이 있는가 하면 실의에 빠진 왕도 있다. 간신히 전장을 이탈한 일테리시는 한밤의 들판을 달리고 또 달렸다.

"쳇, 이렇게 꼴사나운 모습으로는 사만간에 돌아갈 수도 없지. 목숨이야 건졌다만 내 인생도 이것으로 끝났군."

일테리시는 말 위에서 자조했다. 뒤를 돌아보면 부하한 명 없다. 파르스군의 두꺼운 포위망 속에서 모조리목숨을 잃은 것이다. 이제 일테리시는 지상에서 가장고독한 왕이었다.

파르스군은 그를 쫓아오리라. 고국 투란에서도 선왕토크타미시를 시해한 일테리시를 따뜻하게 맞이해줄 리가 없다. 아니, 수만이나 되는 전사를 허무하게 죽인 일테리시를 용서할 리가 없다. 사만간에 돌아갔다간 일테리시는 수많은 이들의 손에 포박당해 자결을 강요당하리라. 실패를 거듭한 찬탈자를 살려둘 만큼 투란의 습속은 녹록하지 않았다.

일테리시는 정처 없이 한밤의 평원을 서남쪽으로 질주했다. 이윽고 말의 발이 무거워졌다. 기수만이 아니라말도 참으로 잘 버텨주었다.

일테리시는 말에서 내려 잠시 쉬기로 했다. 길에서 벗어나 작은 산만 한 바위 뒤로 몸을 숨겼다. 차디찬 모래밭에 몸을 앉히고 호흡을 가다듬었다. 그러나 휴식은 오래가지 못했다. 어떤 기척이 그를 찔러, 실의에 빠진 투란 기사는 벌떡 몸을 일으켰다. 반쯤 어둠에 녹아드는 것 같은 한 사내가 서 있었다.

"······투란의 일테리시 폐하이십니까."

"웬 놈이냐, 네놈은?"

"당신의 편이옵니다. 당신을 구해드리고자 하옵니다."

암회색 옷을 입은 사내가 속삭이자 일테리시는 코웃음을 쳤다.

"무슨 통하지도 않을 헛소리를 하느냐. 나에게 빌붙어 모종의 이익을 얻으려는 속셈이겠지."

"하하, 이거 냉정하시군요······."

"안됐구나. 나 같은 자에게 빌붙어봤자 파르스 미스칼(동화) 한 닢 얻지 못할 게다. 빌붙을 거라면 다른 놈을 알아보거라."

"하오나 당신은 위대한 투란 카간이 아니십니까."

"땅 한 줌 없는 카간이지."

젊고 용맹한 투란의 기사는 뺨을 일그러뜨리며 다시 자조했다. 암회색 옷을 걸친 사내는 그 표정을 바라보며 두 눈에 기묘한 빛을 머금었다.

"땅 한 줌이라니 무슨 가당치 않은 말씀입니까, 일테리시 폐하. 땅 끝까지 폐하의 두 손에 얹어드리겠나이다."

"무어라고?"

"투란 본국은 물론 파르스까지도 제압하고, 나아가 신두라를, 대륙의 중앙부를 모조리 폐하께서 지배하시옵소서. 불초하나마 소인이 폐하께 힘이 되어드리겠나이다."

사내는 뜨겁게 혀를 놀려댔다. 일테리시는 자조하는 표정을 지우고 수상쩍다는 투로 상대를 바라보았다. 그는 거친 투란인이었으며 미신을 믿는 구석도 있다. 그러나 용맹한 전사이며, 수상쩍은 사교나 마도의 존재들을 좋아하지 않는 사내였다. 호의라고는 한 점도 없는 목소리로 일테리시는 정면으로 힐문했다.

"무슨 속셈이 있는 게냐?"

"속셈이라니, 당치도 않사옵니다. 기상만으로 세상을 뒤덮을 영웅이 비운에 빠져 애석하게도 떠도는 몸이 되시는 것을 좌시할 수 없었을 따름이옵니다."

"통하지도 않을 헛소리는 집어치우라고 했을 텐데!"

노성을 다 마치기도 전에 대검을 뽑아 들었다. 강렬하기 그지없는 참격이 암회색 옷을 입은 사내를 향해 날아갔다. 밤공기가 갈라졌다. 보통 사람이라면 일격에 쓰러졌을 것이 분명하다. 그러나 사내는 보통 사람이 아니었다. 필살의 기세가 담긴 일테리시의 검광은 허공을 갈랐을 뿐이었다. 인간보다도 새에 가까운 몸놀림으로 한 바퀴 돌아 일어난 사내는 입가를 일그러뜨렸다.

"흥, 역시 투란인은 거친 야만인이군. 말을 몰고 양고기를 먹고 약탈과 살인을 선호하는 반 짐승일 뿐이었어. 아무리 설명하려 해도 기울일 귀가 없다니, 얄팍하기 짝이 없구나."

"닥쳐라, 마도의 무리! 그 지저분한 혀를 베어다 자칼 먹이로 던져주마."

일테리시의 두 눈이 빛나고 대검 또한 빛나며 마도사에게 짓쳐들었다.

무시무시한 참격을 마도사는 다시 한 번 피했다. 그러나 피하는 것이 고작이었다. 반격할 여유도 없이 마도사는 자세를 무너뜨리며 땅에 쓰러졌다. 그곳에 세 번째 공격이 날아들었다.

마도사의 목은 몸통에서 떨어져 달을 향해 날아갔다. 일테리시는 해치웠다고 생각했다. 그러나 그것도 한순간이었다. 그의 칼에 걸린 것은 암회색 두건이었을 뿐임을 알았을 때 그 두건은 허공에서 풀려나갔다. 어두운 색을 띤 가늘고 긴 천이 뱀처럼 약동하며 날아드는 모습을 일테리시는 보았다.

천은 투란인의 얼굴에 생명이 있는 존재처럼 감겼다. 잠시 후 마침내 일테리시는 쓰러졌다. 손에 검을 든 채

드러누워 미미하게 온몸을 떨었다. 마도사는 숨을 토해
냈다. 그리고 이것이 신호라도 된 것처럼 또 한 사람이
나타났다.

"나 원, 손이 많이 가는 자로군. 투란의 광전사란 이
자에게 참으로 잘 어울리는 별명일세."

그러자 희열에 들뜬 웃음이 대답했다.

"이 용맹함이 없이는 도저히 사왕 자하크 님의 그릇이
될 수 없으니, 잘된 일이 아닌가. 엑바타나에 계신 존사
님도 우리의 공을 기뻐하실 걸세."

기괴한 술법으로 투란의 젊은 광전사를 기절시킨 두
사내. 그들은 엑바타나의 지하 깊은 곳에 도사린 암회
색 옷의 마도사에게는 제자에 해당하는 자들이었다. 그
리고 그들은 사왕 자하크가 재림하기를 열망하며 이 세
상에 어둠이 돌아오기를 바랐다. 그러기 위해 과거도
현재도 노력을 거듭해왔다.

"하지만 구르간, 나는 존사님께서 자하크 님의 그릇으
로 생각하셨던 자는 바로 그 히르메스일 거라 생각했네
만, 아니었나?"

"존사님의 깊으신 뜻을 우리가 어찌 헤아릴 수 있겠
나. 그저 맡은 바 소임을 다할 뿐이지."

마도사들은 엄숙하게 그들의 지도자에 대한 경의를 보
였다. 그들의 작업은 아직 끝난 것이 아니었다. 굴강한

사내의 몸을 목적지까지 옮겨야만 하며, 그러려면 그들의 노력이 더욱 필요했다.

투란의 준마는 처음에는 격렬한 콧김으로 마도사들의 손을 거부했으나 밤바람을 타고 모종의 주문이 귀에 들리자 얌전해졌다. 오히려 겁을 먹은 것처럼 부동자세를 유지했다.

마도사들은 의식을 잃은 투란의 참칭왕에게서 갑옷을 벗겨냈다. 일테리시는 중키에 근골이 다부져, 그의 몸을 말등에 올려놓기 위해 마도사들은 생각보다 고생을 해야 했다. 모든 것은 사왕 자하크의 재림에 대비한 일이었다. 이윽고 주인의 몸을 등에 얹은 투란 말은 두 마도사에게 보이지 않는 실로 조종당하면서 한밤의 평원을 소리도 없이 서쪽으로 걸어가기 시작했다.

IV

수습기사 에투알, 본명을 에스텔이라고 하는 루시타니아인 소녀는 어른이라도 다 짊어지지 못할 만한 짐을 끌어안고 있었다. 눈에 보이지 않는 그 무거운 짐은 두 가지였다. 하나는 산 마누엘 성에서 이곳까지 데려온 부상자들을 돌보는 일. 또 하나는 왕제 기스카르에게 유폐당한 것으로 보이는 국왕 폐하, 다시 말해 이노켄티스 7세를 구출하는 일이었다.

앞으로 한 달이 지나야 비로소 열다섯 살이 되는 소녀가 이 어려운 일을 둘이나 해내려 하다니. 보통 사람은 생각만 해도 정신이 아득해질 것이다. 그러나 에스텔의 정신은 매우 튼튼한 모양이었다. 자신의 처지가 곤란하다고 의기소침하느니, 자신이 하려는 일의 의의를 생각하며 기운을 냈다.

부상자들을 돌보는 일은 아르슬란이 몰래 남겨주었던 디나르가 도움이 되었다. 집 한 채를 빌려 그들을 그곳에 살게 할 수 있었다. 부상이 거의 다 나은 노인이 있었으므로 그에게 디나르를 맡겨 동료들을 돌봐달라고 부탁했다. 석 달 정도는 생활하는 데 지장이 없을 것이다.

이리하여 6월 23일이 되자 에스텔은 또 다른 과제에 집중할 수 있게 되었다. 다시 말해 임금님을 구출하는 일이었다.

그날 밤 에스텔은 파르스 왕궁의 뒤뜰로 숨어들었다. 며칠 동안 되풀이해 관찰하여 경비병이 순찰하는 모습이나 담장의 양상을 확인해두었다. 과거 파르스군과 루시타니아군 사이에서 시가전이 벌어졌을 때 투석기의 탄환에 맞아 담장이 일부 허물어진 곳이 있었다. 그 담장에 가죽끈을 걸고 기어오른 후, 사이프러스 줄기로 이동해 황량해진 뒤뜰에 내려앉았다.

국왕을 구출하는 일은 루시타니아인으로서 당연한 의무다. 에스텔은 그렇게 생각했다. 뭐니 뭐니 해도 그녀는 임금님과 직접 대화를 나누지 않았던가. 임금님을 구출하고 충성을 다하는 한편, 임금님의 권세를 빌려 부상자들이 확실하게 보호를 받을 수 있도록 하자. 그것이 에스텔의 생각이었다.

이날 밤 에스텔은 어떻게든 국왕과 재회하여 반드시 구해내겠다는 뜻을 밝힐 생각이었다. 아무리 용감한 소녀라 해도 혼자서 당장 국왕을 구출할 수 있으리라고는 생각하지 않았으니까.

한편 이 무렵 파르스에서 가장 불행한 인간은 누구였을까.

나르사스는 이렇게 말한 적이 있다.

『2천만 명의 사람이 있으면 2천만 가지 불행이 있는 법이다.』

왕도 엑바타나를 점령한 루시타니아군도 한때의 행복한 시기가 다 지나가 불행의 뒷모습을 보게 되었다. 약탈한 재물을 끌어안고 냉큼 고국으로 돌아가고 싶은데 그러지 못하고 있는 것이 병사들의 불행이었다. 과거의 강대함을 되찾아가는 파르스군과 싸워야만 하는데도 필승의 대책을 세울 여지가 없는 것이 장군들의 불행이었다. 이 중대한 때에 국왕이 전혀 도움이 되지 않는 것이 장군들과 병사들의 공통된 불행이었다. 그리고 당사자인 국왕은 왕좌에 앉은 몸의 존귀함이 무시당해 동생의 손에 유폐되고 사랑하는 파르스 왕비 타흐미네는 도망쳐버리는 바람에 매우 불행했다. 또한 형을 유폐한 왕제 기스카르 또한 수많은 난제를 끌어안아 불행했다. 요컨대 파르스와 마르얌 두 나라를 짓밟고 수많은 희생자의 주검을 쌓고도 누구 하나 행복해질 수 없다는 것이 루시타니아 전체의 불행이었다.

기스카르는 안절부절못하며 하루하루를 보냈다. 루시타니아군의 총수로서 그는 정치에서도 군사에서도, 강구할 수 있는 모든 책략을 강구했으나 상황은 좀처럼 호전되지 않았다. 이제부터 명실공히 루시타니아의 국왕이 되겠다는 결의가 없었다면 난국을 내팽개치고 숨어버렸을지도 모른다. 누구에게도 말은 하지 않았지만 파르스 정복 완료 시점에서 행복을 다 써버린 것 같은 심정이었다.

엑바타나 시민 몰살을 제안했던 광신적인 병사의 무리가 있었지만 그들은 왕제 기스카르의 명령에 따라 엑바타나 성 밖으로 나가게 되었다. 파르스군이 대공세를 펼칠 때 살아있는 방벽으로 삼을 생각이었다. 냉혹하다는 사실은 알지만, 기스카르는 귀찮은 일의 씨앗을 일찌감치 처리해버리고 싶었다.

"아무튼 훗날을 위해서라 생각하고 죽이지 않는 바람에 의도치 않았던 온갖 화가 생겨났지. 이젠 눈에 거슬린다 싶은 놈들은 그 자리에서 처단해버려야겠어."

기스카르는 이제 지긋지긋했다. 안드라고라스를 살려두는 바람에 어떤 꼴을 당했는가. 멍청해도 형은 형이라며 형왕을 왕좌에 계속 앉혀두는 바람에 얼마나 어려운 일을 끌어들이고 말았는가. 이것도 저것도, 양식에 따라 행동하려던 바람에 쓸데없는 고생만 하게 되었다. 지금 마르얌에 있는 보댕 대주교를 포함해 이놈이고 저놈이고 모조리 깔끔하게 정리해 버리겠다고 생각하면서 기스카르는 6월 23일을 맞았다.

기묘한 포로가 엑바타나에 나타난 것은 그날, 시내에 땅거미가 질 무렵이었다.

"마르얌 왕국의 공주가 사로잡혔다며?"

그 소문이 루시타니아군 안팎으로 흘렀으며, 이윽고 정식 보고가 되어 왕제 기스카르 공작에게 당도했다. 사정은 이러했다.

예의 그 광신적인 병사들은 엑바타나 성 밖으로 쫓겨나가 대륙공로에서 왕래하는 여행자들을 감시했다. 그러다가 공로에서 벗어나려 하는 도보 여행자 한 무리를 발견하고, 다른 이들 같으면 신경도 쓰지 않았을 텐데 광신자들다운 의구심에 사로잡혀 추궁해댔던 것이다.

그리고 마르얌어를 들었다.

"이 이단자 놈들!"

그리고 그들은 절반을 학살하고 나머지 절반을 사로잡았다. 이때 마르얌인들과 동행하던 파르스인 젊은이가 검과 활로 루시타니아 병사 여섯을 쓰러뜨린 후 포위망을 뚫고 도주해버리는 일이 있었다.

보고를 받은 기스카르는 도주한 젊은 파르스인 따위는 즉시 머릿속에서 지워버렸다. 왕제의 두뇌에는 이미 악마가 도사리고 있었던 것이다. 아니, 그는 언제나 가슴속으로 책략을 비축해 두었으며 그중 한 가지가 이때 눈을 떴던 것이다.

그 마르얌의 왕녀란 계집에게 형왕을 죽이도록 만들자.

기스카르는 그렇게 생각했다. 이제 형왕을 살려두어 봤자 아무런 이익도 되지 않는다. 이제까지 충분하고도 남을 정도로 잘 대해주었다. 그렇게 생각하면서도 막상 죽이려고 하면 형을 죽였다는 비난을 감수하기가 두려웠다. 기스카르의 생각은 제자리에서 맴돌 뿐이었다.

그러나 루시타니아에 원한이 있는 마르얌인에게 형왕을 살해케 하고 그 범인을 즉시 처형해버린다면? 돌 하나로 새 두 마리를 잡는 셈이다. 그것도 커다란 새를.

기스카르는 냉큼 준비에 착수했으나 문득 왕궁 한쪽이 소란스러워졌다.

"대체 무슨 일이냐? 시끄럽다."

왕제 전하의 질타에 야간 순찰을 담당한 부대장이 고개를 숙였다.

"소란을 피워 황송하옵니다. 누군가가 왕궁 정원에 침입하여 병사들이 추격하고 있사옵니다."

"자객인가?"

"그것이, 아무래도 어린아이인 것 같아서……."

"어린아이가 무엇 때문에 왕궁에 숨어든단 말이냐."

왕제의 물음에 부대장은 대답하지 못했다. 기스카르 공작이 오랫동안 의문을 품을 필요는 없었다. 그가 서너 장의 서류에 서명을 했을 때 다시 야간 순찰대장이 나타나 침입자를 사로잡았음을 보고했다.

"침입자는 루시타니아인이며 수습기사 에투알이라 하였사옵니다. 산 마누엘 성에서 전사한 바르카시온 백작의 지인이라 하는데, 어떻게 조치하면 좋을는지요."

흥미를 느낀 기스카르는 만나보기로 했다. 이리하여 수습기사 에투알, 즉 에스텔은 왕제와 대면하게 되었다. 그야말로 의외의 형태이기는 했지만.

두 팔을 경호기사들에게 붙들린 채 에스텔은 기스카르 공작 앞으로 끌려나왔다. 남장이기는 하지만 소녀임은 금방 판명되었다. 기스카르는 직접 심문하기로 했다.

"그대는 무슨 까닭으로 왕궁에 숨어들었는가? 루시타

니아인으로서 저질러서는 안 될 무례한 행위이니 즉시 처형해야 마땅하나, 사정에 따라서는 죄를 감면해줄 수도 있는 바. 솔직히 말한다면 선처할 것이고 그렇지 못할 경우 용서치 않겠다."

에스텔은 움츠러들지 않았다. 자신의 행위는 유폐된 국왕 폐하를 구하기 위한 행동이었음을 밝히고 오히려 기스카르를 탄핵하기까지 했다.

"당신은 형왕이신 국왕 폐하를 유폐한 채 전권을 휘두르고 있습니다. 한 인간의 동생으로서도 신하로서도 도리에 어긋나는 행위가 아닙니까."

"닥쳐라, 계집!"

기스카르가 일갈했다. 에스텔의 주장은 이치에 맞았지만 기스카르의 입장에서는 사정도 모르는 주제에 주제넘게 떠들지 말라고 해주고 싶었다. 이노켄티스 7세가 국왕답게 행동한 적이 단 한 번이라도 있었는가.

사실상 루시타니아 국왕은 바로 나다!

기스카르는 그 목소리를 간신히 삼켰다. 어찌 됐든 다른 사람들에게는 자신이 국왕에게 충실한 것으로 보여야만 한다. 그는 호흡을 가다듬고 목소리를 누그러뜨렸다.

"그대가 무엇을 오해하는지는 모르겠다만, 나는 동생으로서 형을 업신여긴 적은 한 번도 없다. 형을 한 곳에만 있도록 조처한 이유는 형의 목숨을 지키기 위해서다."

"국왕님을 지키기 위해……?"

"그렇지. 사실은 마르얌에서 도주한 신하가 형의 목숨을 노리고 있다. 그러니 형을 궁전의 가장 깊은 곳에 두고 엄중히 경호하는 것은 당연한 노릇인 게다. 그대도 충분히 이해할 만한 이치라고 생각하네만."

에스텔은 당황했다. 기스카르의 말은 앞뒤가 맞았다. 또한 초면인 왕제 전하는 힘이 넘치고 당당한 장년의 인물로, 지성과 담력을 갖춘 데다 사람의 마음에 신뢰와 존경을 불어넣어주기에 충분한 인상을 풍겼다.

그러나 그럼에도 에스텔은 기스카르가 거짓말을 한다는 사실을 알아차렸다. 어쩌면 단순한 지레짐작일지도 모른다. 그러나 왕제가 보인 언동의 근본적인 부분에서 에스텔은 불신감을 품었다.

"왕제 전하께 아뢰옵니다. 무어라 말씀하셔도 그것은 전하의 말씀이니, 저는 국왕 폐하께 직접 사태의 진실을 여쭙고 싶습니다. 그렇게 하여 수긍이 간다면 어떠한 벌이라도 달게 받겠사오니 국왕 폐하와 만나게 해 주시옵소서."

소녀가 그렇게 주장하며 아무리 어르고 달래도 물러나지 않으려 하므로, 결국 왕제는 격노했다.

"말귀를 못 알아듣는 계집이로구나! 이 이상 상대할 시간도 없다. 한동안 지하감옥에 가두어 머리를 식혀주어라!"

기스카르가 신호하자 양쪽의 기사가 에스텔의 몸을 높이 들어 올리고는 왕제 어전에서 퇴실했다. 문이 닫혀 소녀의 모습이 사라지자 기스카르 공작은 크게 혀 차는 소리를 냈다.

V

이날 밤, 루시타니아인에게 점거된 파르스의 왕궁은 초대받지 않은 손님으로 가득 찬 듯했다.

넓은 정원을 순찰하던 병사 한 사람이 소변을 보기 위해 순찰로를 벗어났다. 높은 돌담과 나무 사이에 들어가 창을 담장에 기대놓은 채 방뇨를 하고 있으려니 무언가 시커먼 그림자가 담장 위에서 몸을 날려 땅에 내려섰다.

깜짝 놀란 병사는 황급히 창에 손을 뻗었으나 컥 하는 기묘한 소리를 내며 몸을 벌렁 젖혔다. 그림자가 돌을 던져 그것이 병사의 콧대를 부순 것이다. 병사는 기절하여 자신의 소변 위에 쓰러졌다.

그림자가 중얼거렸다.

"왕궁에서 노상방뇨라니. 루시타니아인은 소문대로 야만인들이군."

달빛에 비친 얼굴은 젊었으며 묘하게 부루퉁한 인상이

었다. 조트 족장 헤이르타슈의 아들이며 이름은 메르레인이라 한다. 마르얌인 일행과 함께 있었던 젊은 파르스인이란 바로 그를 말하는 것이었다.

메르레인이 숨어든 정원에는 손질되지 않은 재스민이니 도금양桃金孃 덤불 사이에 인공 시냇물이 흘렀으며 달빛을 받은 수면은 수정처럼 반짝거렸다. 분명 한때는 매우 아름다운 정원이었을 것이다.

그때 갑자기 요란한 목소리와 소음이 들렸다. 루시타니아어로 외침이 오가고, 누군가가 다른 사람을 좇아다니는 것 같았다. 그리고 갑자기 인기척이 나더니 도금양 덤불이 흔들리며 어린아이로 보이는 그림자가 메르레인의 바로 곁에 뛰어들었다. 메르레인이 자세를 취하기도 전에 상대가 먼저 루시타니아어로, 다음은 파르스어로 똑같은 질문을 했다.

"누구냐, 너는?"

"너야말로 누군데?"

그 사람은 기사들의 손을 빠져나와 도망친 에스텔이었다. 파르스인 젊은이와 루시타니아인 소녀는 비우호적인 시선을 나누었다. 서로를 수상쩍다고 생각하는 것도 당연했으나 함께 루시타니아의 왕궁경비병에게서 쫓기는 몸임은 분위기로 알 수 있었다. 누가 먼저랄 것도 없이 입을 열려 했을 때 절규가 터졌다.

"큰일이다! 국왕 폐하께서 마르얌 왕녀에게 찔리셨다! 모두 집합!"

그 외침은 루시타니아어였으므로 에스텔은 알아들었어도 메르레인은 의미를 알 수 없었다. 그러나 그의 반응속도는 에스텔에게 뒤떨어지지 않았다. 에스텔이 목소리가 들린 방향으로 달려가자 한 걸음 거리를 두고 뒤를 따랐다.

변고를 알리는 외침은 왕궁 천장이며 벽에 반사되었고 여기에 요란한 발소리와 갑주 소리가 뒤섞였다. 혼란을 누비며 에스텔과 메르레인은 달렸다. 메르레인은 태어나서 처음으로 들어와 보는 왕궁의 모습을 잘 관찰할 수도 없었다.

……그로부터 천을 헤아릴 만한 시간을 거슬러 올라가서.

마르얌의 공주 이리나 왕녀는 앞을 못 보는 몸으로 혼자 왕궁의 한 방에 갇혀 있었다. 멸망당한 고국에서부터 따랐던 신하들과도 떨어졌다. 신뢰하는 여관장 조반나도 어떻게 되었는지 알 수 없었다. 사람들의 목소리가 멀리서 어렴풋한 밤공기의 움직임을 타고 맴돌 뿐이었다.

아마도 처형당하겠지. 이리나는 각오를 다지지 않을 수 없었다. 루시타니아인의 폭거와 무자비함은 뼈에 사무치게 잘 안다. 게다가 그저 죽기만 할 리가 없을 것이다. 잔인한 고문을 받거나, 어쩌면 능욕을 당할지도 모른다. 그렇게 되었을 때는…….

그런 생각을 했을 때 실내의 공기가 움직이고 단단한 것이 맞닿는 소리가 들렸다. 문이 열렸다가 닫히고 누군가가 그녀의 방으로 들어온 것이다. 융단을 밟는 발소리가 다가오자 떠돌이 왕녀는 몸을 뻣뻣하게 굳혔다. 그녀의 귀는 의아함이 묻어나는, 힘이 별로 없는 중년 사내의 목소리를 들었다.

"짐은 루시타니아의 국왕 이노켄티스 7세다. 그대는 누구이며 이곳에서 무엇을 하는가."

경악의 싸늘한 손길이 이리나를 얼어붙게 만들었다. 지금 자신이 누구의 목소리를 들은 걸까. 그녀에게 다가온 중년 사내의 목소리는 루시타니아 국왕임을 자칭했다. 설마. 그런 일이 있어도 된단 말인가. 마르얌을 침략하고 이리나의 일족을 학살한 원수가, 그녀의 곁까지 다가왔다니.

이리나의 오른손이 떨렸다. 떨리면서 그녀의 오른손은 의상 밑으로 미끄러져 들어갔다. 살짝 구부러진 가느다란 마르얌 단검이 왕녀의 옷 밑에 숨겨져 있었다. 자살용 단검이었다. 적에게 사로잡혀 고문이나 능욕을 받게 되면 이것으로 자신의 목숨을 끊겠노라 결심했다. 루시타니아군에게 사로잡혔을 때 단검을 들키지 않아

이리나는 안도했으나, 사실은 이미 발견되었다. 압수하지 않은 이유는 왕제 기스카르가 몰래 지시를 내렸기 때문이었다.

이리나의 오른손이 움직였다. 단검의 칼날이 하얗고 가늘게 번뜩였다. 섬광이 루시타니아 국왕의 축 늘어진 뺨을 스치고 엷은 핏줄기가 피부에 튕겼다.

"으아아, 무슨 짓이냐……!"

이노켄티스 7세가 비명을 질렀다. 뺨에 손바닥을 대고, 그곳에서 피를 느끼자 그는 당황했다. 해치지 못했음을 깨달은 이리나가 다시 단검을 휘둘렀다.

단순히 완력만으로 따지자면 이노켄티스 7세는 이리나 공주를 훨씬 능가했다. 그러나 루시타니아 국왕의 피부 밑에 담긴 것은 용기도 담력도 아닌 지방과 군살뿐이었다.

두 번째 공격을 간신히 피한 이노켄티스 7세는 발을 헛디뎌 넘어지고 필사적으로 일어나 수호자의 이름을 외쳤다.

"이알다바오트 신이시여, 구해주소서!"

루시타니아 국왕의 비명에 마르얌 왕녀의 외침이 겹쳐졌다.

"이알다바오트 신이시여, 저에게 힘을 빌려주소서. 마르얌 왕국을 멸하고 신의 이름을 욕되게 한 루시타니아의 야만인들을 처단하여 주시옵소서.”

찌르려는 자, 찔리려는 자가 모두 유일절대신을 믿는 몸이었다. 어느 쪽의 목소리에도 신은 호응하려 들지 않았다. 그리고 실내의 기척을 알아차린 것처럼 문밖에서 경호 기사들이 말을 걸었다.

“국왕 폐하, 무사하시옵니까?”

그 목소리가 국왕의 얼굴에 생기를 되찾아주었다.

“오오, 짐은 여기 있느니라! 충실한 기사들이여, 그대들의 국왕을 구하거라.”

“분부 받들겠나이다. 즉시.”

기사들의 대답에 이노켄티스 7세는 안도했다. 그런데 기사들은 좀처럼 국왕을 구하러 오질 않았다. 문을 울려대며 소란을 피워댈 뿐이었다.

“무엇들 하느냐! 어서 짐을 구하라!”

이노켄티스 7세가 비명을 지르자 기사들은 목소리를 모아 대답했다.

“국왕 폐하, 문에 몸을 기대시옵소서. 즉시 구해드리겠사옵니다.”

그 목소리에 이노켄티스 7세는 쿵쾅쿵쾅 발을 울리며 따랐다. 문에 몸을 기대고 자신은 여기 있노라고 소리를 질렀다. 이는 앞을 못 보는 왕녀에게 자신의 위치를 또렷이 알려주었다. 게다가 문에 몸을 붙여버린 탓에 재빠르게 움직일 수도 없다.

"국왕 폐하, 그곳에서 떨어지지 마시옵소서."

"알았다, 어서 구하라!"

문 너머에 대고 소리를 질렀을 때, 이노켄티스 7세의 몸에 무언가가 부딪쳤다. 부드러운 여성의 몸. 이를 느낀 다음 순간, 몸의 일부에 열통이 내달렸다. 열통이 몸통 안쪽으로 스며들어 국왕은 찢어지는 절규를 터뜨렸다.

기스카르는 감정을 정리하느라 난감할 지경이었다. 그토록 처치 곤란했던 형이 찔렸다. 그것도 마르얌 왕녀의 손에. 이만큼 원활히 음모가 성공할 줄은 몰랐지만, 사실은 아직 완전히 성공했다고는 말할 수 없었다. 기스카르의 입김이 닿은 의사가 중상을 입은 국왕을 진단하고 왕제의 귀에 속삭였다.

"국왕 폐하의 부상은 깊기는 하오나 반드시 치명상이라고는 말씀드릴 수 없나이다. 상처가 복부인지라……."

이리나 공주가 찌른 곳은 루시타니아 국왕의 왼쪽 옆구리였다. 가장 피하지방이 두꺼운 곳이었으므로, 상처가 날카롭고 깊었으며 출혈이 많았던 것치고는 내장까지 손상이 미치지 않았다는 것이었다.

기스카르는 내심 신음소리를 냈다. 그가 기껏 짜놓은

음모는, 이럴 수가, 형왕의 피하지방에 가로막히려는 것이다. 이렇게 어이없는 일이 일어나도 된단 말인가. 벌레 씹은 표정으로 생각에 잠긴 끝에 기스카르는 우선 할 수 있는 일부터 하나하나 실행하기로 했다.

뭐니 뭐니 해도 국왕을 살해한 범인인 마르얌 왕녀를 죽여야 한다. 그녀를 국왕의 곁으로 안내한 자도 죄를 물어 죽인다. 이는 조금 전의 에투알이라는 남장 소녀에게 뒤집어씌우면 된다.

기스카르는 잇달아 지시를 내려 마르얌 왕녀를 연행케 하고, 겸사겸사 살해 현장 부근에 있던 수습기사 에투알을 사로잡게 했다. 재판을 할 필요도 없다며 우선 마르얌 왕녀에게 화형을 선고하고 이어서 에투알에게도 이를 선고하려 했을 때, 알현실의 높은 창문에서 목소리가 울려 퍼졌다. 파르스어였다.

"움직이지 마라, 루시타니아 왕제. 조금이라도 움직였다간 턱 밑에 입이 또 하나 뚫릴 거다."

깜짝 놀라 목소리가 들린 쪽을 본 루시타니아인들은 인간의 신장 세 배 정도 되는 높이의 창틀에 한쪽 무릎을 꿇고 활을 겨눈 젊은 파르스인의 모습을 발견했다. 그들이 알 리가 없지만 '파르스에서 둘째가는 활의 고수'를 자칭하는 메르레인이었다.

"무슨 짓이냐, 이 수상한 놈!"

고함을 지른 것은 기스카르의 왼쪽에 시립했던 기사였다. 장검 자루에 손을 대고 반쯤 뽑아 들었을 때 그의 인생은 영원히 중단되었다. 활시위 소리와 함께 날아든 화살이 그의 목을 꿰뚫은 것이다. 소리도 내지 못한 채 기사는 왕제의 발밑에 쓰러져 숨이 끊어졌다.

"어떠냐, 왕제. 용감하지만 어리석은 부하의 흉내를 내 볼 테냐?"

메르레인이 도발했다.

물론 기스카르는 움직이지 않았다. 몸속에서는 두뇌와 심장이 바삐 움직였으나 손발은 조금도 움직이지 않았다. 이 가증스러운 파르스인을 어떻게 해치워줄까 생각했을 때, 또다시 사람 목소리가 크게 울려 퍼지고 발소리와 칼 부딪치는 소리가 섞여 들렸다. 낯빛을 바꾸고 달려온 기사가 동료의 시체도 보지 못하고 소리를 질렀다.

"은가면이 병사를 이끌고 난입했습니다!"

이어서 발생한 혼란은 오늘 밤만 벌써 몇 번째인지, 이제는 일일이 헤아릴 수 있는 사람도 없었다.

VI

기스카르도 그가 아는 가장 위험한 파르스인을 잊어버렸던 것은 아니었다. 그러나 이번 사건에서 히르메스는 계산에 넣을 필요가 없었을 텐데. 기스카르가 신이 아니고서야 히르메스와 이리나가 친분이 있는 사이임을 어떻게 알겠는가. 따라서 기스카르가 다음과 같이 외쳤던 것도 당연했다.

"은가면이라고?! 그놈이 왜 이럴 때 나선단 말이냐. 놈과는 상관없는 일일 텐데!"

히르메스는 기스카르의 당혹감 따위 알 바 아니었다. 그의 목적은 이리나 공주를 구출하는 것이었으나 단순히 정 때문에 행동을 결심한 것만은 아니었다. 그에게는 그야말로 좋은 기회였다.

'루시타니아 놈들과 언젠가는 손을 끊어야만 하거늘 계기가 없어 결별을 너무 미루고만 있었다. 이번에야말로 놈들과 결별해주마. 이 이상 친해져봤자 이제는 무의미하다.'

그것이 히르메스의 생각이었다. 수위는 이미 제방 가장자리까지 도달했으며 그곳에 이리나의 루시타니아 국왕 암살 미수라는 큰 돌이 던져졌다. 물은 즉시 제방을 넘어 홍수가 되었던 것이다.

한번 결심한 히르메스의 행동은 신속하기 그지없었다. 잔데에게 명해 2500기의 병사를 갖추게 하고 그중 1000기는 급히 왕도 서쪽 성문으로 보냈다. 그리고 자신은 잔데와 함께 1500기를 이끌고 포석 위로 말발굽 소리를 울리며 왕궁으로 쇄도했다.

"왕제 기스카르 공작님께 화급한 소집 명령을 받아 달려왔으니 문을 열라."

정면으로 그렇게 말하니 경비병도 문을 열지 않을 수 없었다. 즉시 1500기의 기병이 왕궁에 난입하고, 무슨 일인가 싶어 달려온 루시타니아 병사의 머리 위로 칼을 꽂았다. 이리하여 존귀해야 할 곳은 유혈의 장으로 변했다.

잔데는 거대한 메이스를 가볍게 휘둘러 마치 밀밭의 이삭을 수확하듯 루시타니아 병사들을 휩쓸었다. 무거운 강철 곤봉은 루시타니아 병사의 두개골을 부수고 안면을 짓이기고 갑옷과 함께 흉골을 부러뜨렸다. 무시무시한 완력을 가진 이 젊은 거한에게는 메이스야말로 검보다도 훨씬 어울리는 무기였다.

잔데 일행이 루시타니아 병사들을 휩쓸 동안 히르메스는 안쪽의 방으로 돌입하여 장검을 번뜩이며 살육을 거듭하고 이리나를 찾았다. 이때 기스카르나 이노켄티스 왕과 마주친다면 흉험한 칼날의 먹이가 되었을 것이 분명하지만 넓은 왕궁의 몇 겹이나 되는 벽이 그들을 마주치게 하지 않았다. 결국 이리나 공주를 구출하는 목적만을 달성하고 히르메스는 왕궁을 빠져나갔다. 남은 것은 300구가 넘는 루시타니아 병사의 시체였다.

"은가면, 네놈이 감히……."

기스카르는 으르렁거렸지만, 이내 마음을 다잡은 것처럼 목소리를 낮추고 보두앵 장군에게 말했다.

"됐다, 이로써 사태는 분명해졌다. 은가면과의 관계는 이것으로 끝났다. 놈은 루시타니아의 적이라 확실히 판명되었으니."

"예, 그렇사옵니다……."

보두앵의 목소리에는 다소 기운이 없었다. 사태가 분명해진 것은 좋지만 아무래도 루시타니아군에게는 적이 늘어나기만 하는 것이 아닌가. 물론 보두앵은 은가면을 좋아하지 않았지만 적으로 돌리면 그의 무예와 교활함은 두렵다. 안드라고라스도 그렇고 은가면도 그렇고, 왜 이리 쉽지 않은 자들뿐이란 말인가.

또 다른 장군 몽페라토가 입을 열었다.

"왕제 전하, 은가면 놈은 서쪽의 자불 성 방면으로 도주했다 합니다. 만일 놈이 그곳에서 농성하며 대륙공로를 장악한다면 그때는 우리 군은 마르얌 방면으로의 연락이 끊어지고 맙니다. 방치해두어도 괜찮을는지요."

그 말에 기스카르는 아연실색했다. 기스카르처럼 유능하고 빈틈없는 사내가 이런 사실을 부하에게 들을 때까지 알아차리지 못했던 것이다. 역시 평정을 잃었던 모양이었다.

"그, 그랬지. 즉시 놈을 추적해 도중에 물리치도록 하여라. 놈의 부하는 천오백 정도였으렷다."

"성문을 탈취하고 은가면을 피신시킨 무리가 천 기 정
도였습니다."

"좋다. 1만 기를 출동시켜 놈들을 몰살시켜라. 지휘관
은, 그래, 젤리코 자작이 좋겠군."

은가면과 마르얌 왕녀 두 명의 수급에 기스카르는 파
르스 디나르 1만 닢의 상금을 걸었다. 여기에 작위를 올
려주겠다는 뜻도 내비쳤다. 젤리코 자작은 크게 기운이
넘쳐 왕제 앞에서 퇴실하더니 냉큼 갑주를 걸치고 출전
준비에 착수했다. 곧 1만 루시타니아 병사가 나팔 소리
도 드높이 서쪽 성문을 열었다.

'난 요즘 들어 여자들 호위만 맡는군. 어쩌다 이렇게
됐담.'

조트족의 메르레인은 자문하지 않을 수 없었다. 왕궁
담을 넘은 후 루시타니아군에게 쫓겨 한밤의 시내로 도
망쳤고, 마침내 왕도 성문을 빠져나간 참이었다. 바로
뒤에서는 에스텔이 달려오고 있다.

은가면이 부하를 이끌고 왕궁에 쳐들어왔다. 그 혼란
을 틈타 탈출에 성공한 것까지는 좋았다. 루시타니아의
왕제를 활의 사정거리 안에 포착하기는 했지만 자기 자

신도 어디서 조준을 당하고 있을지 알 수 없어 함부로 움직일 수 없는 상태였다. 그런 곳에서 도망친 것은 다행이라 쳐도, 어찌하여 어디 사는 누군지도 모를 남장 소녀와 함께 움직여야 한단 말인가.

남장 소녀, 다시 말해 에스텔도 분하기는 마찬가지였다. 국왕 폐하를 구출하기는커녕 자신이 붙들리는 바람에 혼란 속에서 도망쳐 다녔을 뿐이었다. 그것도 지금은 정체 모를 젊은 파르스인과 함께. 그 젊은 파르스인이 멈춰서더니 슬쩍 숨을 고르고는 씁쓸하게 에스텔을 바라보았다.

"요즘 여자들은 전혀 조신하지 못하군. 알프리드만 유별난 것도 아닌 모양이야."

젊은이의 입에서 나온 목소리가 한순간 간격을 두고 에스텔을 놀라게 했다.

"알프리드란 게 누구지?"

"내 여동생이다."

그렇게 대답한 다음 메르레인은 소녀의 표정을 살폈다.

"왜 놀라고 그래."

"정말로 여동생 이름이 알프리드인가?"

"이런 걸로 거짓말을 하면 미스칼 한 닢이라도 떨어지나? 나는 동생을 찾고 있었고, 그 녀석 이름은 알프리드야."

그러자 에스텔은 신중을 기한 나머지 다소 어눌한 질문을 던졌다.

"알프리드라는 이름의 여성이 파르스에 몇 명이나 되지?"

"그런 걸 내가 알 게 뭐야. 하지만 열여섯이나 열일곱쯤 되고 머리에 하늘색 천을 감은 녀석은 별로 많지 않을걸."

"활과 말을 잘 다루고."

"어지간한 남자들보단 낫지."

그렇게 대답한 후 메르레인은 수상쩍다는 표정을 지었다. 이때는 타고난 표정만은 아니었다.

"혹시 너, 동생하고 만났던 거 아니야?"

이리하여 두 사람 사이에 정보교환이 이루어졌다. 메르레인은 자신의 여동생이 왕태자 아르슬란과 함께 행동한다는 사실을 알았다. 조트족 젊은이로서는 놀라지 않을 수 없었다. 사막의 도적 아가씨와 일국의 왕태자가 대체 무슨 경위를 거쳐 동행하게 되었단 말인가.

"미인계로 왕자님을 유혹하려는 것도 아닐 테고. 대체 어쩌려는 거지."

괘씸하다고 생각했다. 조트족으로 태어난 자는 족장 이외에는 명령을 받지 않으며, 왕이든 국가든 웃어넘기고, 자신의 힘만으로 하늘과 땅 사이에 서 있어야 하지

않겠는가. 그것이 당당한 조트족의 삶이다. 메르레인
자신도 외국의 공주님과 인연을 맺기는 했지만 이것은
신하로서 따른 것이 아니라 어디까지나 자신이 지켜준
것이었다.

이제 슬슬 여동생과 재회해야만 한다. 그렇게 결의
한 메르레인은 발을 빠르게 놀렸다. 그러자 그 뒤를 따
르던 에스텔의 발도 빨라졌다. 돌아본 메르레인이 거친
목소리로 말했다.

"왜 따라오는 거냐? 그대에게는 이제 볼일이 없어."

"나도 그대에게는 볼일이 없다. 나는 아르슬란 왕자를
만나러 가는 거다."

"흉내 내지 마."

"누가 흉내를 낸다고 하나. 그대야말로 나를 흉내 내
고 있지 않나."

차츰 높아져가는 목소리가 갑자기 낮아졌다. 뒤에서
다가오는 루시타니아 병사의 발소리가 들렸기 때문이었
다. 두 사람은 당분간 적의를 밤하늘 너머로 날려버리
고 혀를 차고 싶은 심정을 억누른 표정으로 다시 달리기
시작했다.

히르메스는 밤길을 질주했다. 밤바람에 나부끼는 망

토가 번개를 머금은 소나기구름 같았다.

1만 기의 말발굽 소리가 그의 뒤를 따라 파르스의 대지를 뒤흔들고 있었다. 시커먼 말그림자 속에는 잔데도 있고, 이리나 공주도 있다. 앞을 못 보는 왕녀는 말의 긴 목에 매달렸으며 그 고삐는 잔데의 힘 있는 왼손이 쥐고 있었다.

총 2500기의 말그림자는 엑바타나 서쪽 4파르상(약 20킬로미터) 지점에서 대륙공로를 벗어났다. 말발굽 자국이 남지 않는 바위너설을 지나 우회하면서 다시 엑바타나 방향으로 향한 것이다. 이번에는 질주가 아니라 느린 걸음이었다.

이리나 공주를 부하들의 손에 맡기고 잔데가 히르메스의 곁에 말을 가까이 댔다. 젊고 다부진 얼굴에 의문의 표정이 떠올랐다.

"히르메스 전하, 이대로 밤을 새 서쪽으로 달려가 자불 성으로 들어가리라 생각하였사오나, 그렇지 않았나이까?"

명쾌한 대답이 돌아왔다.

"자불 성 같은 변경의 성에 틀어박혀서 뭐가 된단 말이냐. 나의 본심은 왕도를 장악하는 것이다."

"……그럴 수가!"

잔데가 눈을 크게 떴다.

히르메스의 계획은 범부들은 감히 생각도 할 수 없었다. 그는 자불 성으로 도망치는 척하면서 엑바타나 근처에 숨어 있다가 루시타니아군의 주력부대가 안드라고라스와의 전투를 위해 출전한 틈을 노려 엑바타나를 점령해버리려는 생각이었다.

이미 자불 성의 삼에게는 모든 병력을 이끌고 왕도 부근까지 오도록 명령을 내려놓았다. 늦어도 사흘 안으로 히르메스는 휘하의 전 병력을 수중에 집결시킬 수 있을 것이다. 그런 설명을 듣고 잔데는 고개를 갸웃했다.

"하오나 자불 성을 버리는 것도 훗날 전하를 위해 도움이 안 되는 것은 아닌지요."

"훗날이라!"

히르메스는 웃어넘겼다. 은가면을 반쯤 흔들 정도로 큰 웃음이었다. 반은 연기였다. 자신이 영웅왕 카이 호스로의 정통한 자손이며 큰 도량과 용기의 소유자임을 과시하기 위한 연기였다.

"나의 훗날은 자불 성 정도의 조그만 곳에 담아둘 만큼 작지 않다. 왕도를 되찾고 파르스의 국토를 회복하면 자불 성 따위 아무래도 상관없지. 그렇지 않겠느냐, 잔데?"

"그야말로 지당하신 말씀이옵니다. 전하께 자불 성 따위 개집이나 마찬가지. 소인이 그릇이 작았나이다."

잔데는 진심으로 감동하여 깊이 고개를 숙였다. 이 큰 도량은 역시 카이 호스로의 자손답다. 그렇게 생각하고 새삼 충성을 맹세했다.

히르메스는 잔데가 감동한다 해서 딱히 기쁘지도 않았다. 결단은 항상 양날의 검이다. 엑바타나로 돌입할 기회를 그르친다면 히르메스가 오히려 루시타니아군에게 당하고 만다. 루시타니아군은 최소 25만이며, 히르메스의 군대는 많아봤자 3만이다. 정면으로 싸워서는 승부가 되지 않는다.

'안드라고라스…… 어서 대군을 이끌고 오너라. 엑바타나의 성벽 너머에서 네놈을 쓰러뜨리고 기스카르와 함께 머리를 성문 앞에 장식해주마. 그다음은 네놈의 아들이다.'

속으로 그렇게 중얼거렸을 때, 한 기사가 다가와 고개를 숙이고는 마르얌의 공주가 대면하기를 바란다는 뜻을 전했다. 히르메스는 은가면에 달빛을 반사시키면서 바로는 반응하지 않았다. 그가 무언가 말하려 했을 때 멀리서 말발굽 소리가 쩌렁쩌렁 들려왔다. 그것은 히르메스를 쫓아온 젤리코 자작이 이끄는 루시타니아의 기병부대였다.

제4장 무지개 항구

I

맑게 갠 하늘과 투명도가 높은 바다가 서로 푸름을 경쟁한다.

파르스 남쪽의 하늘과 바다는 그야말로 아름다웠다. 기이브의 표현을 빌자면 '벽옥과 수정을 처녀의 눈물로 녹여낸 듯' 맑고 깨끗한 깊이를 띠었으며 어디까지고 끝없이 펼쳐진다. 하늘과 바다를 나누는 아득한 선은 엷은 보라색의 색조를 띠고 우아하게 일렁거렸다. 수면 아래에서는 물고기 떼의 그림자가 그대로 보였으며 물보라는 진주알처럼 반짝이고, 이러한 모든 광경을 여름 햇살이 감싸 푸른 비단을 펼쳐놓은 것 같은 세계를 자아

냈다.

아르슬란, 다룬, 나르사스, 기이브, 파랑기스, 자스완
트, 그리고 아즈라일까지 여섯 명과 한 마리는 구라즈
선장이 제공한 범선을 타고 길란 항구를 떠났다. 주위
에는 위대한 해적왕의 보물을 찾아내 군자금으로 삼겠
다고 알렸다. 열 척의 범선에 병사들도 나누어 태워 왕
태자부는 텅 비었다.

"보물이라도 묻혀 있지 않는 이상 정말 아무것도 없는
섬이라던데."

그렇게 평가한 기이브는 섬에 주옥같은 미녀가 숨어
살기를 기대했는지도 모른다. 가령 그렇다고 하면 지루
한 바닷길과 뱃멀미를 견뎌낼 가치가 있는 셈이다.

범선의 모습이 길란 항구에서 보이지 않게 되었을 무
렵, 항구를 내려다보는 언덕길을 높은 말발굽 소리와
함께 달려가는 그림자가 있었다. 그는 엷은 냉소를 머
금고 교묘하게 말을 몰았다. 그는 이런 보고를 들고 길
란에서 달려가는 중이었다.

『왕태자 일행은 길란 항구를 떠나 사프디 섬으로 갔
다. 왕태자부는 텅 비었다. 지금이 바로 길란을 점거할
기회다.』

길란 북동쪽 1파르상(약 5킬로미터) 지점에서는 완전
무장한 해적의 무리가 그의 보고를 기다리며 숲 속에 숨

을 죽인 채 잠복하고 있었다.

그 사내는 샤가드였다. 나르사스의 옛 친구이다. 이제 그의 정체는 명백했다. 그는 과거의 뜻을 뒤집고 민중을 구하는 사람에서 민중에게 해를 입히는 자로 돌아섰다.

잠시 후, 샤가드는 육지를 걷는 해적들의 선두에 서서 길란으로 돌아갔다.

"나르사스 자식, 지혜가 있다 해봤자 이미 다 닳아 없어진 모양이군. 요즘 세상에 아직도 굴람 해방 따위를 지껄이다니."

하기야 금방 알 수 있는 일이라고 샤가드는 악의를 숨기지도 않고 생각했다. 아직까지 굴람을 해방한다느니, 인간은 평등해야 한다느니 주장을 하지 않는가. 헛소리다. 백일몽이다. 샤가드는 그렇게 보았다. 파르스는 오랜 제도로 꾸려나갔으니 개혁 따위 필요 없다. 아무리 불공정하다 해도 샤가드를 포함한 일부 사람이 이익을 얻을 수만 있다면 되는 것이다.

"나르사스는 똑똑해 보이지만 바보지. 놈은 인간에게 타고난 격차가 있다는 걸 인정하려 들질 않아. 그 정도도 모르면서 뭐가 현자라고."

소리를 내 그렇게 말한 것은 자신이 나르사스보다 위라는 사실을 해적들에게 가르쳐주기 위해서였다. 해적들은 귀찮다는 듯 맞장구조차 치지 않았다. 샤가드가 나르사스보다 위든 아래든 그들이 알 바 아니었다. 길란을 습격해 있는 대로 약탈하고, 왕태자와 그의 부하들에게 본때를 보여주겠다는 생각뿐이었다.

샤가드와 동맹을 맺은 해적들은 그야말로 '적도賊徒'의 무리였다. 자유로운 바다의 사나이들이라고 할 만큼 훌륭한 존재들이 아니었다. 약탈, 노예 매매, 그리고 납치에 따른 몸값 요구. 그것이 그들의 수입원이었다.

겉으로는 유복한 명사인 척하면서 뒤에서는 해적을 조직하고 조종했던 것이 길란에 온 후 샤가드가 한 일이었다. 이 이중생활에 그는 독살스러운 만족감을 느꼈다. 재산도, 이면의 권세도 손에 넣었다. 미녀도 명주도 진미도 마음껏 누릴 수 있다. 그리고 이제는 길란 전체를 천천히 손에 넣어야겠다고 마음먹었을 때 나르사스가 나타나 훼방을 놓으려 했던 것이다.

"지금 왕태자부에는 아무도 없다. 있지도 않은 보물을 찾기 위해 어슬렁어슬렁 무인도에 나갔으니까. 나중에 와서 욕심에 눈이 먼 자신들을 부끄러워하라지."

정확히 말하자면 왕태자부에는 사람이 완전히 없지는 않았다. 왕태자의 대리인이 있었던 것이다. 나이는 올해 서른한 살. 다만 두 사람을 합친 나이였다.

엘람과 알프리드는 서로 째릿 하고는 비우호적인 시선을 나누었다. 그들은 왕태자 아르슬란을 맹주로 우러러

보는 동료다. 그건 분명한 사실이지만, 이따금 동료들끼리 머리를 맞대고 싸울 때도 있다.

왕태자부 본관에는 남쪽으로 인접한 커다란 노대가 있다. 대리석 의자며 잎이 커다란 아열대 식물의 화분이 놓여 있다. 바다에서 불어오는 서늘한 바람이 매우 기분 좋다.

엘람과 알프리드는 어떤 사건을 기다리며 노대의 의자에 앉아 있었다. 처음에는 시원한 루리시사(장미수)를 마시며 얌전히 있었지만, 어느 쪽이 먼저랄 것도 없이 입을 열면 금세 싸움이 벌어진다. 늦는다고 엘람이 중얼거리자 조트족 소녀가 도전하듯 받아쳤다.

"나르사스의 계산이 틀렸던 적은 없어. 너도 알 거 아냐."

"딱 한 번 있지."

"언제? 무슨 일이었는데?"

"너랑 알게 된 거. 나르사스 님에게 평생 단 한 번의 계산착오였어."

"오호라, 말을 제법 잘하는걸. 나르사스의 덤인 주제에."

"덤이라니 뭐야. 말조심해."

"덤이 불만이면 짐짝이라고 해줄까?"

갑자기 설전이 중단된 것은 힘차면서도 가벼운 발걸음

으로 세 번째 인물이 노대에 나타났기 때문이었다. '흔들리는 갑판 위에서도 흔들리지 않는 대지 위에서도 똑같이 걸을 수 있다'고 자랑하는 구라즈였다.

"왔다."

입에 담은 말은 그뿐이었다. 그러나 엘람과 알프리드를 긴장케 하기에는 충분했다. 두 사람은 말 그대로 펄쩍 뛰어올라 발돋움을 하며 바깥의 모습을 살폈다. 왕태자부의 돌담 바깥쪽에서 무장한 사내들이 들끓기 시작했다. 도검이 밀 이삭처럼 번뜩이고, 근처 건물의 창문에서는 놀라고 겁먹은 사람들의 얼굴이 보였다. 해적들은 방약무인하게도 왕태자부를 포위하고 시가전을 벌일 생각인 것 같았다.

"왔다. 2천 명은 되겠는걸."

엘람이 말하자 즉시 알프리드가 이의를 제기했다.

"그렇게 많진 않아. 1500명 정도라구. 겁이 많은 사람은 적의 숫자를 많게 보려 든다니깐."

"흥, 어리석은 사람은 적의 숫자를 적게 잡으려다 자멸하는 법이지."

"뭐라고오?! 다시 한 번 말해봐."

"그만두지 못해, 둘 다!"

미래의 길란 총독은 못마땅한 표정으로 외쳤다. 그는 길란을 해적들에게서 지키는 것만이 아니라 두 사람을 감독하는, 말하자면 애보기까지 맡아야만 한 것 같았다. 뭐 이런 역할이 다 있느냐고 혀를 차고 싶은 기분이었다.

그러나 구라즈는 엘람과 알프리드를 과소평가했다. 두 사람 모두 용감하고 기민하며, 어른을 능가할 만한 활의 명수인 데다, 무엇보다 자신들이 해야 할 일을 확실히 알고 있었다. 구라즈는 그들과 알고 지낸 지 얼마 되지 않았으므로 그들의 진가를 아직 알 수 없었던 것이다.

그리고 구라즈 이상으로 그들 두 사람을 과소평가했던 것이 샤가드였다. 샤가드에게 엘람과 알프리드는 '나르사스를 따라다니는 건방진 꼬맹이들'일 뿐이었다. 샤가드는 나르사스 본인조차 얕잡아 보았으니 엘람과 알프리드는 안중에도 없었다.

완전무장한 2천 명 가까운 해적들을 거느리고 샤가드는 왕태자부의 문 앞에 섰다. 문은 굳게 닫혀 있었다. 그러나 노대에서 소녀의 모습이 보였으므로 그는 고함을 질렀다.

"계집, 나를 알고 있겠지? 나르사스조차 한 수 높이 평가하는 샤가드다. 즉시 문을 열고 나를 들여보내라. 그러면 목숨만은 살려주지. 될 수 있는 한 자비로운 노예상인에게 팔아주마."

그러나 샤가드의 협박은 알프리드에게 모래알 한 톨만

큼의 감명도 주지 못했다. 조트족 소녀는 씩씩하게 되받아쳤다.

"누가 한 수 높이 평가한다고? 너 같은 게 나르사스한테 상대나 될 줄 알아? 언제까지고 넘어설 수가 없으니까 질투하는 거지? 심지어 인간의 도리까지 저버린 주제에 어디서 으스대고 있어."

"뭐, 뭐라고!"

"지저분한 꼬랑지 말고 냉큼 꺼져. 그러면 또 나르사스에게 졌다고 억울해하지 않아도 될 테니까. 자자, 냉큼 꺼지라니깐!"

"……크윽. 그 건방진 혀를 뽑아주마, 계집!"

샤가드는 격앙했다. 알프리드의 독설이 샤가드의 가장 아픈 부분을 찔렀던 것이다. 그가 해적들을 돌아보고 강행돌파를 명령하려 했을 때, 여름 공기를 가르며 뽈피리 소리가 울려 퍼졌다.

샤가드가 놀라는 사이에 후방에 있던 해적들이 털썩털썩 쓰러졌다. 화살이 날아들고 도검과 창을 맞대는 소리가 울려 퍼졌으며, 여기에 고함소리가 섞였다.

"조트족이 왔다!"

II

조트족이라는 이름이 나왔을 때 해적들이 경악한 것도 당연했다.

"조트족이라고? 조트족이 왜 이런 곳에 오는데! 놈들의 행동범위는 내륙지방 아니었어?!"

도적들 사이의 법도에도 어긋나는 영역침탈. 조트족의 출현을 해적들은 그렇게 해석했다. 그들은 놀라움에서 벗어나 분노를 터뜨렸으나 그들의 분노 따위 조트족은 상대도 해주지 않았다.

"이야아아아아……!"

별로 의미는 없는 요란한 고함과 함께 황야의 도적들이 말을 몰고 화살을 쏘며 돌입했다.

당황하면서도 해적들은 응전했다. 창을 내지르고 화살을 쏘아 도적들의 돌진을 가로막고자 했으나, 그때 왕태자부에서 화살비가 쏟아졌다. 지붕 위에 백 명도 넘는 사수가 몸을 숨기고 있었던 것이다. 화살을 있는 대로 해적들의 머리 위에 퍼부었다.

해적들은 협공당한 꼴이 되었다. 한쪽에서는 왕태자부의 높은 담장 너머 그들의 머리 위로 화살이 쏟아붓는다. 또 한쪽에서는 조트족의 인마가 쇄도해 해적들은 궁지에 몰린 꼴이 되고 말았다.

조트족도 해적들도 시가전은 별로 익숙하지가 않다. 그러나 조트족은 우선 자신들에게 유리한 전투태세를 만들어냈다. 해적들은 좁은 지역에 몰려 밀집해 한 덩어리가 되었다. 조트족은 그곳에 화살을 쏘았으며, 밀집한 덩어리의 바깥쪽을 검으로 깎아냈다.

일방적인 전투가 되었다. 해적들은 고목이 넘어지듯 화살에 맞아 쓰러졌으며 밀집대형은 깎여나가 점점 가늘어졌다. 피가 튀고 시체가 겹겹이 쌓여 죽음의 냄새가 시가지 한쪽에 충만해 산 자를 질식시킬 것 같았다.

"이럴 수가, 어떻게 이런 일이……."

혼란에 빠져 샤가드의 시선은 이리저리 흔들렸다. 그 시선이 고정된 것은 이곳에 있을 리 없는 얼굴을 시가지 한쪽에서 발견했기 때문이었다. 나르사스였다. 그리 멀지 않은 곳의 돌계단 위에서 그를 바라보고 있다. 왕태자도, 그의 부하들도 보였다. 샤가드의 시선이 나르사스의 시선과 정면으로 충돌했다.

"보아하니 정체를 드러낸 모양이군, 나의 옛 친구여."

나르사스의 목소리에는 별다른 감상도 없었다. 비아냥거리지도 않았다. 그저 사실을 지적하는 냉정함만이 있었다. 반면 샤가드 쪽은 냉정할 수 없었다. 진흙을 발라놓은 것 같은 낯빛이 되어 고함을 질렀다.

"나르사스, 네놈, 날 함정에 빠뜨렸구나!"

"이 정도 책략에 걸려들면 안 되지. 한심하게."

나르사스의 싸늘한 대답이 샤가드를 더욱 발끈하게 만

들었다. 그는 해적들을 향해 고함을 질러댔다.

"화살을 쏴! 나르사스 놈을 죽여버리라고!"

그 명령을 실행하려던 해적은 활시위를 잡아당기려던 순간 짐승 같은 비명을 지르며 땅바닥에 나뒹굴었다. 그의 턱 밑에서 까만 깃털이 떨렸으며 목 뒤에서는 피투성이가 된 화살촉이 튀어나와 있었다. 이 무시무시한 활솜씨는 다룬의 것이었다.

엄청난 강궁에 놀라 술렁거리는 해적들을 보고 대담한 미소를 지은 다룬은 활을 내팽개치더니 장검을 뽑아 들었다. 백병전이야말로 그의 본무대였다.

해적들에게는 최악의 액일厄日이 되었다. 다룬의 장검은 죽음의 회오리바람이 되어 그들에게 짓쳐들었다. 솟구치는 피와 함께 목이 날아가고, 둔중한 소리를 내며 팔이 허공에 춤추고, 찔린 몸통에서 생명이 분출해 새나왔다. 세상 무서운 줄 몰랐던 해적들은 이런 가공할 무예가 지상에 존재한다는 사실을 몸으로 깨닫게 되었다.

다룬의 등 뒤를 지키듯 따라온 자스완트의 활약도 제법 눈부셨다.

날아드는 칼날을 받아 흘려내고, 사방으로 튀는 불꽃을 가르듯 다시 참격을 날린다. 자스완트의 검광을 목으로 받은 해적이 허공에 피의 꽃을 피우며 쓰러졌다.

베여나가는 아군을 보며 샤가드가 이를 갈고 다시 지시를 날렸다.

"왕태자를 잡아라! 놈을 인질로 삼으면 활로를 열 수 있어!"

그는 겨우 그 사실을 깨달았던 것이다. 굳이 강한 적과 정면으로 싸울 필요는 없다. 샤가드의 목소리를 듣고 몇몇 해적이 왕태자에게 칼을 들이댄 채 달려들었다.

아르슬란은 아직 미숙한 검사지만 몸은 가벼우며 움직임은 합리적이었다. 그리고 지난 8개월 동안 실전 경험을 거듭하기도 했다. 그의 역량이 눈에 뜨이지 않는 이유는 사실 주위에 탁월한 검사들이 많기 때문이니 무리도 아니다. 아무튼 왕태자의 검술을 우습게보고 덤벼들었던 해적들은 뼈아픈 교훈을 얻게 되었다.

맹렬히 찌르고 들어온 일검을 아르슬란은 바로 앞에서 튕겨낸 다음 즉시 반격으로 나섰다. 오른쪽, 왼쪽, 오른쪽으로 잇달아 공격해 상대를 수세에 몰아넣은 후 급격히 참격의 각도를 바꾸어 호되게 오른팔에 꽂았다. 적은 절규하며 반쯤 절단된 팔을 끌어안고 땅바닥에 나뒹굴었다.

그때 이미 아르슬란은 두 번째 적과 검을 나누고 있었다. 2합, 3합 칼부림 소리가 되풀이되고 4합 직후 아르슬란이 번개처럼 칼끝을 내질렀다가 뺐다. 하얀 칼날에 피가 묻고, 신음소리를 남긴 채 해적은 쓰러졌다.

세 번째 해적이 움츠러든 것을 보고 샤가드가 분노한 낯빛으로 외쳤다.

"비켜! 내가 할 테니!"

고함을 지르며 검을 치켜들고 아르슬란을 향해 달려들었다. 아르슬란은 맑게 갠 밤하늘색 눈동자에 긴장감을 빛내며 맞서려 했다. 그러나.

"착각하지 마라. 네놈의 상대는 나다."

적의로 가득 찬 칼끝을 가로막듯 샤가드의 앞을 가로막고 선 것은 다륜이었다. 새삼 방향전환을 할 수도 없어 샤가드는 그대로 기세를 살려 돌진하고 육박해, 검을 꽂아 넣었다.

샤가드는 검사로서도 뛰어난 역량을 가졌으나 다륜에게는 미치지 못했다. 10합 정도를 격렬하게 응수한 후 다른 누구보다도 먼저 샤가드 자신이 그 사실을 알아차렸다.

흩어지는 불꽃 속에서 샤가드는 재빨리 타산을 굴렸다. 명예에 상처를 입지 않고 도망치는 방법은 없을까. 그러나 그와 칼을 마주하고 있는 상대는 빠른 참격과 완벽한 방어로 샤가드에게 허점을 드러내지 않았다. 함부로 칼을 거두고 도망치려 했다간 단칼에 몸통이 양단되고 말 것이다.

어쩔 수 없이 다시 10합 정도를 싸웠으나 샤가드의 전력은 한계에 가까웠다. 이제는 틀렸다고 생각했을 때, 주위에서 일어나던 혼전의 파도를 가르고 해적 두 명이 나타나 다륜에게 달려들었다. 기특하게도 소중한 동료를 구하고자 한 것이다. 3대 1이라면 이 강적을 쓰러뜨릴 수 있을지도 모른다고 생각했던 것일까.

그런데 정작 싸움은 2대 1밖에 되지 않았다. 싸우던 당사자인 샤가드가 재빨리 검을 빼더니 도와주러 온 동료들을 버리고 자기 혼자 도망쳤기 때문이다.

버림받은 불행한 두 해적은 다륜의 가차 없는 참격에 잇달아 쓰러졌다. 그들이 희생되는 동안 샤가드는 혼전을 뚫고 도망쳤다. 적과 아군을 떠밀치고, 베어넘기고, 마침내 혼전의 밖으로 빠져나가는 데 성공했다. 돌계단을 뛰어올라 안도의 한숨을 쉬고 탈출 성공을 확신했을 때였다.

샤가드는 절규를 터뜨렸다. 시커먼 그림자가 그의 눈앞에 일렁이는가 싶더니 오른쪽 뺨에 엄청난 통증이 내달렸다. 뺨의 살점이 뜯겨나가고 피를 뿜으며 샤가드는 계단에서 굴러떨어졌다. 허리와 등을 부딪쳐 숨이 막혔다. 쓰러진 채 움직이지 못하고 있을 때, 자스완트가 달려와 허리띠 위에 감아두었던 가죽끈을 풀어 솜씨 좋게 묶어버렸다.

주모자의 도주를 저지한 아즈라일은 한 차례 울고는 벗의 어깨에서 날개를 접었다. 제법 빈틈없는 이 매는 제일 좋은 장면을 가로챈 것이다.

해적들에게는 그야말로 원통할 전투가 겨우 끝났다. 간신히 50명 정도가 도망치는 데 성공했을 뿐 나머지는 모두 죽거나 사로잡혔다.

이 전투는 뒤늦게 샤가드가 알아차렸듯 애초부터 모두 나르사스의 계획대로 진행되었다. 원래 있지도 않은 보물의 정보를 흘려 왕태자 일행을 무인도로 유인한 것이 샤가드의 책략이었지만, 나르사스는 이를 간파하고 역이용했다. 아르슬란 일행을 태운 선단은 항구를 나가자마자 즉시 침로를 바꾸어 아무도 없는 해안 부근에 닻을 내리고, 아르슬란 일행은 그곳에 상륙해 길란으로 돌아왔다.

나르사스는 정이 없는 사람이 아니다. 그러나 정에 눈이 어두워지는 일도 결코 없었다. 옛 친구 샤가드의 악랄한 변화를 알게 된 후로 그는 샤가드에게 주의의 눈을 기울였다. 샤가드와의 우정을 귀중하게 여긴 나머지 현재의 동지들에게 해를 입히는 일이 있어서는 안 되었다. 그리고 나르사스가 강구한 책략은 모두 적중했다. 물론 그 성공이 나르사스에게 달콤함만을 주었던 것은 아니었다.

"그럼 디나르 1억 닢이란 건?"

모든 것이 정리된 후 해적왕의 보물 따위는 없었다는 말을 들었을 때 알프리드가 묻자 나르사스가 웃어넘겼다.

"똑똑한 알프리드, 그대가 말한 대로지. 1억 닢이나 되는 금화를 누가 셀 수 있겠어. 처음부터 그런 건 있지도 않았던 거야."

"뭐람, 재미없게."

조트족 소녀는 조트족다운 감상을 늘어놓았다.

"이야기의 100분의 1이라도 디나르가 좀 있을 줄 알았는데. 너무 쩨쩨하게 구니까 기껏 꾸민 음모가 실패하는 거야, 해적 아저씨."

일동은 웃음을 터뜨렸다.

III

일동의 웃음에 공명하지 못했던 것은 샤가드뿐이었다. 얼굴 반쪽을 피로 물들이고 가죽끈에 꽁꽁 묶인 그는 간신히 목을 빼고 상대를 노려보았다.

"까불지 마라, 나르사스."

샤가드의 두 눈이 둔중하게 빛나고, 증오로 탁해진 목소리가 앞니 사이에서 기어 나왔다.

"이대로 내가 물러날 줄 아느냐. 반드시 복수해주마. 네놈에게도, 네놈이 군주로 섬기는 햇병아리에게도 한껏 후회의 눈물을 흘리게 만들어주겠다."

"말버릇이 안 된 놈이구나, 왕자님께."

속이 뒤틀린 자스완트가 거무스름한 얼굴을 시뻘겋게 물들이며 아르슬란을 돌아보았다.

"전하, 이놈의 입에 겨자를 발라줍시다. 우리나라에서는 헛소리를 하는 놈들에게 그런 벌을 내립니다."

'그러면 라젠드라 왕자에게도?'

생각은 했지만 입 밖에는 내지 않고 아르슬란은 말없이 고개를 갸웃했다. 나르사스가 한숨을 쉬었다.

"샤가드, 자네가 생각해야 할 것이 복수 말고도 달리 있을 텐데. 언제부터 인신매매 같은 짓을 저질러 자네 자신을 더럽히게 되었는지는 모르겠네만……."

"사람을 사고파는 것이 왜 잘못이란 말이냐."

마침내 샤가드는 태도를 바꿔 뻔뻔하게 대들었다. 표정에도 자세에도 허세의 아지랑이가 일렁거렸다. 늘 재능을 자랑하던 그는 비참한 현재의 모습을 잊기 위해서라도 그렇게 할 수밖에 없었던 것이다. 매의 날카로운 발톱에 도려져나간 뺨의 상처가 시큰거렸지만 그 아픔을 참으며 말했다.

"뭣하면 너도 팔아주지. 미스칼 한 닢에 말이야. 낙타

무덤 정도는 만들 수 있을 거다."

나르사스는 이젠 제대로 대답하려고도 하지 않았다.

'두 손으로 셋 이상의 잔을 들 수는 없다'는 파르스의 속담이 있다.

무엇이든 전부 손에 넣을 수는 없다는 뜻이다. 무언가를 얻으면 반대로 무언가를 잃게 마련이다. 샤가드와의 옛 정을 잃는 것도 나르사스에게 어쩔 수 없는 일이었다. 그러나 아무리 그래도 그가 먼저 샤가드의 처형을 요구할 수는 없었다.

처음으로 아르슬란이 입을 열었다. 표정도 어조도 냉엄해졌다.

"그렇다면 이렇게 하지. 샤가드라 했는가? 그대를 노예상인에게 넘기겠다. 1년 동안이다. 1년 동안 사슬에 묶여 굴람으로서 비참하게 생활해보도록. 인간으로 태어났으면서 가축처럼 매매되고 혹사당하는 경험을 맛보도록 하라. 그것이 그대에게 내리는 벌이다."

아르슬란이 말을 끊자 침묵이 내려왔다. 이를 다시 아르슬란의 목소리가 깨뜨렸다.

"구라즈에게 맡기겠네. 잘 처리해주게."

"어, 네……."

압도당한 듯 구라즈는 커다란 몸짓으로 고개를 숙였다.

"성현왕 잠시드의 지혜에 영광 있으라. 왕의 심판이

내려졌노라."

그렇게 선언한 것은 파랑기스였다. 다른 자들도 마찬가지로 고개를 끄덕였다. 아르슬란은 누군가에게 지혜를 빌리지도 않고 자기 스스로 생각해낸 것이다. 샤가드라는 자의 죄에 합당한 벌을.

샤가드는 처형당해도 이의를 제기할 수 없었다. 해적들의 흑막이었으며, 병사를 이끌고 왕태자부를 습격했다. 그러나 그는 나르사스의 옛 친구였다. 가능하다면 죽이고 싶지 않았다. 물론 그렇다고 방면해줄 수는 없다. 그러한 것들을 생각하여 아르슬란은 처단을 내렸던 것이다.

훌륭한 판결이었다. 다륜과 나르사스는 감탄했으나 심판을 당한 당사자는 그렇게 생각하지 않았다.

"어수룩한 놈이로군."

노예상인의 흑막은 조소했다. 그의 목숨을 구해주었던 왕태자에게 샤가드는 독기를 토해냈다.

"1년이 지나 자유를 얻으면 나는 너에게 복수할 거다. 자신의 어수룩함을 후회하게 만들어주지. 애초에 아무런 능력도 없는 주제에 나르사스 같은 놈이 추켜세워주니 기고만장해서는……."

다륜이 날카롭게 두 눈을 빛냈다.

"그 정도로 해둬라. 그렇지 않으면 독이끼가 핀 그 혀를 베어다 들개에게 던져주고 싶어질 테니."

지극히 조용한 어조였으나 다륜의 표정은 완전히 진심이었다. 한 발 앞으로 나와선 한 손으로 샤가드의 멱살을 잡았다. 샤가드의 멀쩡한 뺨에서 높은 소리가 울려퍼졌다. 뒤로 날아가 바닥에 나뒹군 샤가드는 고통 어린 신음을 내며 겨우 몸을 일으켰다.

그를 내려다보며 다륜이 말을 이었다.

"나는 기억력이 좋지. 1년이 아니라 100년이 지나도 너의 무례를 잊을 수는 없을 것 같구나. 만일 네가 자유로워진 후에 왕태자 전하께 해악을 끼치는 일이 있다면 그때는 너를 지옥에 팔아치워 주마."

그 말에 샤가드는 한층 더한 조롱으로 대꾸하려 했으나 혀가 매끄럽게 돌아가려 하질 않았다. 다륜의 조용한 박력에 압도당해버린 것이다. 이를 인정하기란 샤가드에게 무엇보다 분한 일이었다. 무언가 되받아쳐주려고 입을 우물거리는 사이에 앞으로 나선 구라즈가 그의 목깃을 붙들었다. 홀에서 끌려나가는 샤가드의 원통한 목소리가 천장과 벽에 메아리쳤다.

"두고 봐라……!"

재능을 자랑하던 샤가드치고는 실로 평범한 마지막 말이었다. 당연히 아무도 감동하지 않았고, 물론 그를 동정하는 자도 없었다.

사실 이는 역사적인 사건이었다. 파르스 역사에서도 최고로 손꼽히는 용장 다륜의 생애에서 포박당한 상대를 때린 것은 이때가 처음이었다. 그의 분노가 얼마나 컸는지를 알 수 있었다. 마지막 순간 다륜은 자제했다. 그가 혼신의 힘을 담아 쳤더라면 샤가드는 바닥에 쓰러지는 정도로 끝나지는 않았을 것이 분명했다.

샤가드의 모습이 사라진 후 그 자리를 새로 채우려는 듯 열 명 정도 되는 손님이 홀에 나타났다. 조금 전부터 왕태자와 회견하고자 기다리던 사람들이었다. 이제까지는 아르슬란에게 적극적으로 다가오려 하지 않았으나 이번 사건으로 태도를 결정한 모양이었다.

"길란은 전적으로 왕태자 전하께 충성을 맹세합니다. 무엇이든 명령을 내려주십시오."

길란을 대표하는 호상들, 베나스카, 바라와, 코자, 후람 같은 이들이 왕태자 어전에 나와 말했다. 그들의 재력과 영향력은 길란만이 아니라 남방 해안지대 전역에 미친다. 아르슬란은 이 순간 부왕 안드라고라스를 능가하는 세력을 손에 넣었다.

베나스카를 비롯한 호상들이 왕태자의 편이 되었다. 그 평판은 금세 길란과 그 주변에 퍼졌다. 이문에 밝으며 절대 손해를 보지 않으려고 계산하는 호상들이 왕태자의 편을 들었다면 매우 큰 정치적 효과를 가져다줄 것이다.

"전하, 이것이 곧 길란의 보물이옵니다. 마음만 먹으면 샘처럼 계속 솟아날 것입니다. 다만 이따금 독이 섞여 나오므로 주의가 필요하실 줄로 압니다만."

나르사스는 재력의 가치를 아르슬란에게 가르쳐주고 싶었던 것이다. 그 결점이나 한계도 포함해서. 권력과 재력을 올바르게 사용하면 인간 세상의 불행을 상당히 줄일 수 있다는 사실을.

……후세에 사오슈얀트(해방왕) 아르슬란의 치적과 모험을 노래하는 음유시인들은 '왕태자, 도시 길란을 해적으로부터 구하고 괴물 섬에서 보물을 얻다' 라는 한 편의 이야기를 만들어냈다. 그 이야기에서는 아르슬란이 엘람과 함께 무인도에 가 수많은 괴물들을 퇴치하고 금은보화를 손에 넣는 것으로 되어 있다.

각설하고. 왕태자부가 본격적으로 기능하기 시작하자 그에 따라 군자금과 인원이 모여들기 시작했다. 베나스카도 코자도 경쟁하듯 재산을 투자했다. 물론 훗날의 결실로 돌아오기를 기대한 것이다.

그저 군자금이 모이기를 기다리기만 할 수는 없었다. 구라즈가 급히 편성한 선단을 지휘하고 다륜, 기이브, 파랑기스가 동행해 왕태자군은 해적들의 근거지를 공격했다. 나르사스의 말을 빌리자면 이랬다.

"아무 걱정하실 것 없습니다. 바다를 산책하고 오는 거나 마찬가지지요."

다른 이유로는 구라즈의 선단 지휘능력을 확인하기 위해서이기도 했다.

"그렇다면 나도 동행하고 싶군."

아르슬란이 그렇게 말해보니 나르사스는 짐짓 인상을 찡그리며 대답했다.

"전하께서는 하실 공부가 있습니다. 구구한 작은 전투 따위 부하에게 맡겨두시면 그만입니다. 그보다도 앞으로의 정치에 대해 생각해 보십시오."

그렇게 해 아르슬란은 나르사스에게 국정과 병무에 대해 수업을 받고, 엘람도 여기에 동석했다. 다륜과 구라즈 같은 자들은 나흘 후에 길란으로 돌아와 주요 해적들의 수급을 50두 정도 왕태자에게 보여 확인을 받고, 그들을 근거지로 불태웠음을 보고했다. 해적 근거지에는 그 외에도 여자와 아이들이 있었으며, 그들은 왕태자군의 보호를 받았다. 그들을 수용할 시설로는 호화로운 샤가드의 옛 저택이 배정되었다.

한편 조트족은 도시에 오래 머물기를 원하지 않았으며, 또한 왕태자부의 조직에 편성되고자 하지도 않았다. 아르슬란은 그들에게 디나르 5천 닢과 드라흠 10만 닢을 사례로 내리고, 나아가 나비드 100통을 안겨 일단 그들의 마을로 돌려보냈다. 통 큰 왕태자에게 조트족은 만족했는데, 특히 그들이 기뻐한 것은 훌륭한 깃발이었다.

후세에 '조트의 흑기黑旗'라 불리게 되는 그 깃발은 구라즈가 제공한 세리카의 검은 비단으로 만들었으며 황금색 실로 가장자리를 장식했다. 그 외에는 아무런 무늬도 없는 단순한 깃발이었으나 그것이 이 경우에는 오히려 조트족의 표한함에 잘 어울리는 것 같았다.

"이것은 훌륭한 깃발이다. 앞으로 조트족의 진두에는 반드시 이 깃발을 걸겠다. 그리고 이 깃발에 부끄러움이 없도록 절대 도리에 어긋나는 짓을 하지 않겠다."

족장의 딸답게 엄숙하게 알프리드가 선언하자 부하들도 열심히 대답했다.

"우리는 왕궁의 파수견이 되는 것은 사양하겠지만, 아르슬란 전하를 위해서라면 언제든 충실한 벗으로서 달려오겠소. 우리는 결코 맹약을 저버리지 않소."

조트족은 떠나가고 알프리드는 남았다. 한동안 조트족은 족장이 없는 채 변칙적인 합의제를 이어나가게 되겠지만, 알프리드가 어디 있는지를 알았으므로 피차 걱정할 필요는 없었다.

IV

6월 말부터 7월 초, 길란에는 평화로운 나날이 이어졌다. 어차피 폭풍 전의 맑은 하늘일 뿐이었지만 해적은 소탕되어 뿔뿔이 흩어졌으며 위험하기 그지없는 사내 샤가드는 사슬에 묶여 땅 끝까지 끌려갔다. 자리에서 쫓겨난 선대 총독 펠라기우스도 남은 재산을 끌어안고 배에 올라 모습을 감추었다.

길란은 왕태자 일행의 아성이 되었다. 과거의 페샤와르처럼. 페샤와르와 다른 점은 길란에 풍요로운 경제력이 있다는 점이었다.

"어디를 봐도 평화롭군."

어느 날 다륜이 술잔을 한 손에 들고 중얼거렸다. 왕태자부의 한 곳에 마련된 노대 위였다.

"다륜 경은 위험한 사람인걸. 열흘가량 피를 안 보니 벌써 평화에 싫증이 나셨나?"

나르사스가 웃었다. 그의 손에도 술잔이 있었다. 일은 일이고, 인생을 즐길 여유도 잃어서는 안 된다.

다륜은 표정을 바꾸더니 약간 목소리를 낮추며 벗에게 물었다.

"나르사스, 이 도시에서 느긋하게 하루하루를 보내는 건 무언가 원대한 계획이 있기 때문이겠지? 괜찮다면 들려주지 않겠나."

"별로? 아무 속셈도 없는데. 그저 안드라고라스 폐하

의 칙명을 지키고 있을 뿐일세."

아르슬란을 사실상 추방했을 때 안드라고라스는 명령했다. 5만 병력을 모으라고, 모으기 전까지는 돌아오지 말라고. 나르사스는 그 말을 하고 있는 것이다. 실제로 지금 아르슬란의 손에 5만이나 되는 병력은 모이지 않았다. 전부터 있던 총독부의 병사까지 포함해 기껏해야 1만 5천 정도. 그러므로 나르사스가 움직이지 않겠다는 말은 이치로는 옳았다.

다만 다른 것이 속속 모여들었다. 군자금이다. 한번 태도를 정하고 나니 길란의 호상들은 매우 통이 컸다. 어떤 자는 디나르가 가득 든 통을 왕태자부에 가져왔으며, 어떤 자는 안장을 얹은 군마를 500마리 끌고 왔다. 밀가루며 말린 고기를 실은 낙타의 무리를 데려오는 자, 옥서스 강을 거슬러 올라가기 위한 배를 제공하겠다고 나서는 자. 5만 촉의 화살을 헌상하는 자. 여기에 대항해 활과 화살을 제작할 열 명의 기술자를 데려온 자…….

"국가를 일으킨다는 건 좋은 장사인걸. 나도 나라 하나 세워보고 싶어지는데."

기이브 같은 이들은 불건전한 감상을 입에 담기도 했다. 그는 여행을 하면서 각지의 부호나, 미남에게 약한 귀부인들에게서 세 치 혀로 금품을 뜯어왔다. 그런데 지금은 잠자코 있어도 왕태자부에 재물이며 물자가 쌓이고 알아서 늘어나지 않는가.

"권력이란 무서운 것일세. 이러한 모습을 당연히 여기게 되면 위험하지."

파랑기스도 절절히 술회했다. 권력이란 어떤 면에서는 마술과도 비슷하다. 사용하는 자에게 많은 것을 가져다주지만, 여기에 익숙해지고 남용하면 큰 해를 불러일으킨다.

이 방대한 군자금으로 용병을 모을 생각이라고 나르사스는 왕태자와 다륜에게 밝혔다.

"금전으로 고용한 병사 따위는 별로 도움이 되지 않으리라 생각하네만. 소수여도 잘 단련된 충실한 병사 쪽이 더 신뢰할 수 있지 않겠나."

다륜은 무인다운 감상을 말했다. 나르사스의 의견은 약간 달랐다.

"아니, 상관없네. 군자금이 떨어진 후에도 붙어 있으면 먹여 살리기가 힘들거든. 이기고 있을 때만, 필요할 때만 병사가 있으면 그만일세."

"그건 나르사스가 좋을 대로 해주게. 나에게는 이미 충분히 충실한 벗들이 있으니. 한데 기이브는 어디 있나? 요즘 모습이 보이질 않는군."

아르슬란의 물음에 다륜과 나르사스는 쓴웃음을 보였다. 젊은 군사가 다소 에둘러 대답했다.

"길란에는 60개 국의 미녀들이 모여 있지요."

"……아, 과연."

아르슬란은 고개를 끄덕이고 웃은 후, 그에게서는 보기 드문 농담을 건넸다.

"하룻밤에 한 나라를 돈다 해도 세상을 다 돌려면 두 달이 걸리는 셈이로군. 힘들겠어."

그 농담에 다룬과 나르사스는 웃었지만, 나중에 생각해보니 과연 웃어도 괜찮았던 걸까 하는 묘한 걱정이 들었다.

이 해 9월이면 아르슬란은 열다섯 살이 된다. 파르스 역대 샤오 중에는 정사情事에 통달한 자가 몇이나 있으며, 열네 살에 여관에게 서자를 잉태시켰다는 지극히 조숙한 인물도 있었다. 아르슬란도 슬슬 여성에 관심을 가진다 해도 이상할 것이 없다.

그러나 아르슬란은 아직까지는 노골적인 남녀의 관계와는 무관한 것 같았다. 엘람과 함께 말을 타고 달리거나, 구라즈에게 소개받은 해상상인에게서 외국 이야기를 듣거나, 아즈라일을 데리고 교외로 사냥을 나가거나 하는 정도였다. 무엇보다 재판이니 용병학 공부니, 해야 할 일이 많았다.

기이브를 웃음거리로 삼기는 했지만 다룬도 나르사스도 목석은 아니었으므로 때로는 기방에서 시간을 보내기도 했다. 자스완트도 한번은 기방에 갔다가, 그곳에서 고국 신두라에서 온 여자와 만나 신상 이야기를 들었다. 완전히 동정한 자스완트는 가진 돈을 모조리 그녀에게 주었으나 다음 날 기방에 가보니 그 여자는 자취를 감추었다. 신상 이야기는 모조리 지어낸 것이었으며, 도박 빚을 청산하고 정부와 함께 도망쳤다는 것이었다. 하지만 자스완트는 화내지도 않고 같은 나라 사람에게 도움을 주었다며 기뻐했다.

'고명한 기이브 경이 애용하신 기방'을 칭하는 가게는 열여섯 군데나 되었으며 상당히 오랫동안 원조 다툼을 했다. 어떤 가게의 벽에는 기이브가 지었다는 루바이야트가 남아 있었으며, 다른 가게에는 기이브가 연주했다는 우드가 진열장에 장식되었다.

사실 기이브는 가게마다 여자마다 루바이야트를 써주었던 것이지만, 그러다 귀찮아졌는지 슬슬 요령을 피우기 시작했다.

"오오, [여성 이름]이여, 그대의 눈동자는 보석과도 같고 피부는 만년설의 백색이며……."

여자의 이름만 바꾸면 같은 시를 얼마든지 만들 수 있는 것이다. 본인은 가슴을 펴며 말하기를.

"시를 지을 때는 요령을 피워도 여자를 사랑하는 데에는 요령을 피우지 않았네."

다른 기방 손님들이 보기에는 참으로 어처구니없는 자였다.

그 어처구니없는 자의 성실한 주군은 왕태자부에서 정무와 공부에 힘썼다. 후세에 길란 사람들은 이렇게 전한다.

"보게, 저 저택이 옛 왕태자부일세. 사오슈얀트 아르슬란 님께서 즉위하기 전에 계셨던 곳이지. 임금님은 저곳에서 첫 재판을 하시었고, 공정한 심판에 다들 감탄했다네."

아르슬란이 공정한 재판관이었던 것은 사실이지만, 전설이란 과장이 있게 마련이다. 사실 재판은 대부분 나르사스가 처리했으며 아르슬란이 판결을 내린 재판은 그리 많지도 않았고 어려운 것도 아니었다. 열다섯 살도 안 된 소년에게 나르사스는 필요 이상의 부담을 지우려 하지 않았다.

물론 아르슬란의 자질은 샤가드를 심판했던 건에서 확실히 증명되었다. 이 소년이 중요한 때에 보이는 우수한 판단력은 이따금 나르사스의 예측마저도 넘어서곤 했다.

"그야말로 신비한 분이지. 그 재능이 중요할 때마다 발휘되고 마니 평소에는 좀 넋을 놓고 계셔도 전혀 지장이 없거늘. 전하는 조금 더 요령을 부리셔도 좋을 정도

일세."

나르사스의 말에 다륜이 대꾸했다.

"조금도 요령을 부리지 않으시는 면이 전하의 미덕일세. 라젠드라 2세를 보게. 그분에게서 요령을 빼면 뼈밖에 남지 않을걸."

"그러고도 죽이 맞으니 신기할 따름이지."

사실 아르슬란이 조금 더 요령이 있었더라면 부왕에게 호락호락 병권을 빼앗기지도 않았을 것이다.

"왕태자 전하는 한 번은 부왕께 양보하셨네. 하지만 두 번 양보하실 필요는 없지. 그건 도가 지나친 선행이고, 운명이 그런 일을 용납하지 않을 걸세."

"음. 나도 동감일세, 나르사스."

힘을 담아 다륜이 고개를 끄덕였다.

페샤와르 성을 퇴거하면서 나르사스는 키슈바드에게 편지를 남기고 치밀한 작전안을 주었다. 어디까지나 키슈바드에게 준 것이지, 안드라고라스 왕에게 협조할 마음은 들지 않았다.

"내 책략이 채용된다 한들 안드라고라스 폐하가 승리하시리라는 보장은 없어. 내 책략을 써서 군이 패할 경우 책임은 나에게 있네. 그러나 내 책략을 무시하고 패배했을 때 책임은 폐하께 돌아가는 걸세."

담담한 어조였으나 내용은 신랄하기 그지없었다. 다

륜은 벗의 진의를 캐내려는 듯 시선을 보냈다.

"자네는 그걸 바라는 것 아닌가? 안드라고라스 폐하가 그대의 책략을 채용하지 않고 패망하시기를."

만일 그러한 결과가 벌어진다면 안드라고라스는 자신의 책임에 따라 패하고, 병사를 잃고, 나아가서는 인망도 권위도 잃고 만다. 이번에야말로 아르슬란의 입장은 부왕을 압도하지 않겠는가.

다륜의 물음에 나르사스는 솔직히는 대답하지 않았다.

"모두 신들의 뜻에 달렸네."

책임을 천상의 신들에게 전가하고 지상의 군사는 유유히 하품을 했다.

V

파랑기스가 오랜만에 진(정령)의 목소리를 들은 것은 7월 초순의 한밤중이었다. 하늘이 하얀빛의 천을 지상에 드리우기 시작했을 무렵, 파랑기스는 무장을 갖추고 애마에 올라 길란을 나가려 했다. 한동안 말을 걷게 했을 때 아름다운 카히나는 활달한 목소리를 들었다.

"아름다운 파랑기스 님, 어디로 가시나이까?"

그렇게 물으며 나타난 자는 이제 길란에 견줄 자가 없는 한량으로 알려진 젊은이였다. 기방을 나와 왕태자부로 아침 귀환을 하려던 참이었다.

　카히나가 대답하지 않았으므로 악사는 말을 이었다.

　"그야 어디로 가신들 파랑기스 님의 그림자가 드리워지는 곳이라면 나는 상관없습니다. 어떤 마경이라도 함께해드릴 텐데, 한 마디 말씀도 없다니 냉정하지 않습니까."

　"이래 봬도 신경을 써드린 걸세. 그대는 밤마다 피어나는 사랑에 바쁘시리라 생각해서 말일세."

　"아니아니, 밤마다 피는 사랑 따위 어차피 환몽일 뿐이지요. 참된 모정慕情은 오로지 파랑기스 님에게만 바치는 것입니다."

　기이브의 헛소리를 냉담하게 흘려듣던 파랑기스도 재삼 거듭되는 질문에 결국 귀찮다는 투로 대답했다.

　"진들이 말하기로 북쪽에 가면 귀한 손님을 만날 수 있다더군. 지루하기도 하여 잠깐 말을 달려보고자 하였네만."

　"귀한 손님이라니, 아시는 분입니까?"

　"글쎄, 거기까지는 모르겠네. 아는 자라 해도 나에게는 전혀 곤란할 것이 없네만. 그대와는 달리 아무에게도 원한을 산 기억이 없으니 말일세."

　정말일까 기이브는 내심 약간 의혹을 품었으나 입 밖으로는 내지 않았다. 서둘러 파랑기스와 말머리를 나란히 하고 나아갔다.

기방에서 돌아오는 길이었으므로 기이브는 허리에 검한 자루를 차기만 한 가벼운 차림이었다. 성 밖으로 나온 기이브는 가게 하나를 발견하고 말을 가까이 댔다. 여행자용 도구나 물품을 파는 가게로 식량, 마구, 모포 같은 것과 함께 호신용 무기도 어느 정도 갖추어져 있었다. 기이브는 그곳에서 활과 화살과 화살통을 구입했다. 활은 튼튼한 것만이 장점인 조악한 물건이었으나 지금 당장은 실용성만이 문제가 될 뿐이었다.

파랑기스와 기이브는 북쪽으로 계속 나아갔다. 덥지만 공기가 건조해 그리 불쾌하지는 않다. 파르스가 문명국이라는 증거로 주요 가도의 좌우에는 반드시 훌륭한 가로수가 심어져 있다. 녹음을 지나온 바람은 여행자의 몸과 마음을 편안케 해준다.

"파랑기스 님, 저기 보십시오."

기이브가 그렇게 소리를 낸 것은 여름 태양의 아래쪽 끄트머리가 서쪽 지평선으로 녹아들기 시작했을 무렵이었다.

기이브가 말할 것도 없이 파랑기스는 이미 그 모습을 보았다. 가도에서 벗어난 들판 끝 부근에 말그림자 몇 개가 움직이고 모래먼지가 피어났다. 다가감에 따라 여행자 둘이 그 스무 배도 넘는 집단에게 쫓기고 있음을 똑똑히 알 수 있었다. 오랜만에 카히나가 먼저 악사에게 말을 걸었다.

"자. 그대는 어느 쪽에 가세하시겠나, 기이브?"

"마음에 든 쪽. 어, 아니, 물론 파랑기스 님이 마음에 든 쪽이라는 뜻입니다."

기이브의 기회주의적인 발언을 무시하고 파랑기스는 말을 빠르게 몰았다. 그 모습은 금세 여름 바람을 가르는 경쾌한 질주로 바뀌었다. 한순간의 차이를 두고 기이브도 그 뒤를 따랐다.

왕도 엑바타나를 탈출한 에스텔과 메르레인은 남쪽으로 여행을 계속했다. 어째서 남쪽이었냐면 단적으로 말해 다른 방향으로 여행을 할 이유가 없었기 때문이었다. 동쪽도 서쪽도 전란이 닥쳐왔다. 그리고 남쪽 길란에 왕태자가 있으며 병사를 모은다는 사실을 여행자들의 입으로 전해 들었기 때문이었다.

메르레인과 에스텔은 각자의 이유에 따라 왕태자 아르슬란을 만나야만 했다. 메르레인의 경우 정확히는 왕태자와 동행하는 여동생을 만나야 했다. 두 사람은 왕도에서 길란으로 이어지는 가도에 들어서서 하염없이 남하했다.

현재 파르스 전역을 통일 지배하는 정당한 세력은 존재하지 않는다. 왕도를 루시타니아군이 점거하고, 동부 국경지대에는 안드라고라스 왕의 군대가 있으며, 남부 해안지대에는 아르슬란 왕자가 있다. 그리고 그런 소소한 세력권에서 벗어난 광대한 지역은 무정부상태였다. 폭력으로 이익을 얻고자 하는 자들은 얼마든지 있으며 그들에게서 몸을 지키려면 무력에 의존하는 수밖에 없었다.

메르레인과 에스텔은 여행을 계속하는 동안 도적 무리와 맞닥뜨린 것이 한두 번이 아니었다.

그럴 때마다 두 사람은 말에 채찍질을 했으며, 그래도 쫓아오는 끈덕진 놈들에게는 메르레인이 화살을 안겨주었다.

그렇게 이 기묘한 남녀 한 쌍은 보름에 걸친 여행을 계속했다. 그리고 길란까지 한나절 정도가 남은 지점까지 와서, 이제까지 만난 것 중 가장 큰, 그리고 최악의 도적들과 조우했다.

잠깐 도망치다가 다시 잠깐 화살을 쏘면서 메르레인은 속이 끓었다. 조트족의 세력이 건재했더라면 여행자 한두 명을 습격하는 좀스러운 도적들이 활개를 치도록 내버려두지는 않았을 텐데.

세 번째 도적을 화살로 거꾸러뜨렸을 때, 메르레인은 자신이 쏘지도 않았는데 네 번째 도적이 절규하며 낙마하는 모습을 보았다. 홀연히 나타난 2기의 남녀가 가세하겠다는 뜻을 행동으로 보여준 것이다.

그 남녀는 훌륭한 기수였으며 무시무시한 궁수였다. 활시위가 바르바드나 우드처럼 울려 퍼질 때마다 은색 선이 대기를 가르고, 말 위의 사내들이 거꾸러졌다. 빗나가는 화살은 한 발도 없었다.

당황한 도적들은 흩어져서 화살을 피하며 새로운 적을 포위하려 했으나 그 움직임을 비웃는 듯한 남녀의 기마술과 궁술에 희롱당해 희생만 늘어날 뿐이었다. 도적들과 그들은 기수로서도 궁수로서도 격이 달랐다.

"이럴 수가. 나는 아무래도 파르스에서 세 번째도 못 되는 궁수인 모양이군."

메르레인은 자신의 말버릇을 정정할 필요성을 인정했다. 그도 활을 들고 화살과 똑같은 수의 적을 거꾸러뜨렸으나, 중간부터는 손을 놓고 두 남녀가 눈앞에서 펼치는 온갖 신기를 감탄하며 바라보았다. 애교라고는 전혀 찾아볼 수 없는 젊은이였지만 타인의 뛰어난 기량에는 솔직하게 감탄할 줄 알았다.

도적들에게는 그야말로 아닌 밤중에 화살이었다. 파르스 최고의 궁수들에게 표적이 되어, 검을 휘두르지도 못한 채 말 위에서 맞아 쓰러져갔다. 물론 검을 휘둘렀다 한들 사살이 참살로 바뀌었을 뿐이었을 것이다.

마침내 도적들은 도망쳤다. 절반 이상의 동료를 잃고 공포와 패배감에 사로잡혀 뿔뿔이 흩어졌다. 남녀 두 명궁이 유유히 말을 돌려 메르레인 일행에게 다가왔다.

"덕분에 살았다. 그건 그렇다 쳐도 당신들은 대체 뭐 하는 사람들이지?!"

메르레인이 기이브에게 말을 걸었지만 대화는 여자들끼리 이루어졌다. 긴 흑발과 녹색 눈동자를 가진 아름다운 여자가 에스텔에게 웃음을 지었던 것이다.

"오, 그대는 루시타니아에서 가장 기운이 넘치는 수습 기사님이 아니신가. 여전히 기운이 넘치시는군."

"파랑기스!"

"과연, 그야말로 진객珍客이로고. 진들은 거짓말을 하지 않지."

파랑기스가 다시 한 번 웃었으나 에스텔은 웃지도 않고 다소 성급하게 말을 이었다.

"도와줘서 고맙다. 그건 그렇고 그대가 이곳에 있는 것을 보면 왕태자도 근처에 있겠군."

"길란에 계시네. 이곳에서 한나절 정도 떨어진 곳이지."

"알프리드도?"

"물론. 그 아가씨를 만나고 싶으신가?"

놀리는 듯한 파랑기스의 표정에, 에스텔은 메르레인을 손가락으로 가리키며 그가 알프리드의 오빠이자 여동생을 찾아 여행을 하고 있음을 밝혔다. 이 사실에는 아름다운 카히나는 물론 유랑악사도 놀라, 농담을 건넬 생각도 못한 채 부루퉁한 젊은이의 얼굴을 한동안 바라보았다.

인원이 두 배로 늘어난 일행이 길란으로 돌아온 것은 이튿날인 7월 10일 오전이었다. 왕태자부에 그들이 모습을 나타내자 동료들이 맞아주었으나.

"오, 오빠!"

알프리드의 외침이 일동을 놀라게 했다. 수많은 시선이 줄지어 알프리드에게 집중되었다.

"알프리드, 넌 어디서 뭘 하고 있었던 거냐?"

메르레인은 말하다 말고 갑자기 목소리를 높였다.

"야, 도망치지 마! 너하곤 천천히 이야기를 해야 하니까."

"나는 할 이야기 없는데."

알프리드는 반항적이라기보다는 변명하듯 말했지만 도주는 단념할 수밖에 없었다.

일동은 넓은 방에서 모여 둘러앉고, 차게 식힌 루리시사를 마시며 바쁘게 사정 이야기를 나누었다. 오빠의 이야기를 다 들은 알프리드는 일언지하에 족장 취임을 거절했다.

"난 족장이 될 생각 없어. 오빠가 되면 되지. 나이도 많고, 남자고."

"아버지의 유언으로는 네가 차기 족장으로 지명됐다. 유언을 무시할 수는 없다."

"유언이야 산 사람들 사정은 생각도 안 하고 죽은 놈이 맘대로 결정하는 거잖아. 게다가 오빠는 아버지하고 사이가 안 좋았으면서. 유언 같은 거 무시하면 그만이지."

남매가 서로 주장하는 모습을 바라보던 다룬이 나르사스에게 짓궂은 웃음을 지었다.

"이봐, 뭔가 한마디 해줄 상황이 아닐까? 자네에게도 남의 일이 아닐 텐데."

"남의 일일세."

나르사스는 그렇게 대답했으나 단언했다기보다는 회피에 가까웠다. 가능한 한 얽히고 싶지 않았던 것이다. 알프리드가 조트족의 여족장이 되지 않는다면 이대로 나르사스의 곁에 달라붙어 있을 테고, 여족장이 된다면 되는 대로 무언가 곤란한 일이 생길 것도 같았다. 무책임한 말이지만 이제는 숫제 될 대로 되라며 분위기를 지켜볼 수밖에 없다고 나르사스는 생각했다. 그가 그러는 동안 남매의 대화가 진행되어, 메르레인의 입에서 히르메스라는 이름이 튀어나왔다.

"히르메스라고?!"

알프리드가 눈을 크게 떴다.

"오빠, 그 히르메스라는 놈이 가면을 쓰고 있지 않았어?"

"그래. 은색의 기분 나쁜 가면을 뒤집어쓰고 있었지. 넌 어떻게 아냐?"

"그놈이 아버지의 원수야!"

알프리드는 소리치고 메르레인은 놀라 여동생을 바라보았다. 서둘러 알프리드가 사정을 설명하자 한동안 침묵한 후 메르레인이 신음소리를 냈다.

"그걸 알았더라면, 망할, 그 자식을 살려 보내지 않았을 텐데……."

그 목소리가 조그맣게 줄어들더니 사라졌다. 은가면을 쓴 사내가 마르얌 왕녀 이리나 공주가 사랑하는 사람이라는 사실을 떠올린 것이다. 메르레인의 마음은 다소 복잡했다. 다만, 물론 은가면에게는 무엇 하나 사양할 필요를 느끼지 못했다. 다음에 만났을 때는 생사를 걸고 승부를 내게 될 것이다.

"그런데 말야, 오빠. 그 아가씨랑 며칠이나 여행했다

며. 그동안 아무 일도 없었어?"

알프리드가 화제를 바꾼 이유는 족장 지위를 계승한다는 이야기에 다가가고 싶지 않았기 때문이었다. 그녀는 오빠의 성격을 잘 아는 만큼 대답은 예상하고 있었다.

메르레인은 부루퉁하게 대답했다.

"켕기는 일은 아무것도 없었다."

사실 그는 가녀리고 정숙한 여성이 취향이었던 것이다. 씩씩하고 입과 몸이 잘 움직이는 여성에게는 매력을 느끼지 못했다.

"그렇겠지, 그렇겠지. 남녀가 함께 여행을 한다고 무슨 일이 생기리라는 법은 없지. 나는 메르레인을 믿네."

이상하리만치 이해심을 드러낸 사람은 나르사스였다. 그가 고개를 끄덕이는 것을 보고 다륜은 무어라 말하고 싶은 표정을 지었지만 입 밖으로는 아무 말도 하지 않았다.

그 건에 관해서는 에스텔도 확실하게 부정했다.

"난 이알다바오트 신을 믿는 몸이다. 이교도에게 몸이 더러워지거나 했다간 살아있지 않았을 것이다."

그렇게 말을 마치면 동행에게 미안하다고 생각했는지 에스텔은 이렇게 덧붙였다.

"미리 말해두지만 메르레인은 이교도라는 한 가지 점을 제외하면 훌륭한 기사로 행동했다. 우리 둘 다 켕기는 일은 아무것도 없었다.”

이야기가 일단락되었을 때 나르사스는 아르슬란을 보며 표정과 목소리를 다잡고 발언했다.

“수습기사님의 말에 따르면 왕도는 엄청난 혼란에 빠진 듯합니다. 루시타니아군이 20여 만이라 해도 실세는 쇠퇴하고 있으리라 보아도 좋을 것입니다. 슬슬 준비를 끝내도 되지 않을는지요.”

다시 거병할 날이 다가왔다는 말이었다. 아르슬란만이 아니라 열석한 자들이 모두 크게 고개를 끄덕였다.

일단 자리가 해산되고, 나르사스는 기지개를 켜며 노대로 나갔다. 남매가 재회하는 동안 밖에서는 소나기가 내렸는지 공기와 노대의 석재가 축축했다.

“나르사스 님, 하늘을 보십시오.”

엘람이 푸른 하늘 한쪽을 가리켰다. 소나기가 막 그친 하늘에 반원형을 띤 빛의 다리가 걸려 있었다. 엘람에게는 엷은 일곱 색깔의 띠가 자신들 왕태자 일행의 미래를 신들이 축복해주는 것처럼 보였으나, 나르사스는 그저 눈부신 듯 무지개를 올려다볼 뿐이었다.

VI

이 무렵 길란 북서쪽 약 150파르상(약 750킬로미터)

지점에 메르레인과 알프리드 남매에게는 아버지의 원수인 인물이 있었다.

히르메스는 수하 병사들을 이끌고 대륙공로와는 숲 하나를 사이에 둔 옆길을 따라 몰래 서쪽으로 나아가고 있었다. 왕도 엑바타나에서 히르메스를 추격한 젤리코 자작은 1만 기를 이끌고 질풍처럼 대륙공로를 달려나갔다. 어느새 히르메스를 추월해버리고 말았던 것이다.

반대로 히르메스는 젤리코 자작의 군대를 뒤쫓고 있었다. 딱히 조용히 할 필요도 없었다. 그도 그럴 것이 1만 기가 지축을 울리며 질주하니 루시타니아군이 다른 자들의 존재를 알아차리기는 어려웠던 것이다. 게다가 이미 밤이었다.

그래도 역시 슬슬 수상쩍다는 생각이 들었을 무렵, 전방의 어둠 너머에서 저벅저벅 다가오는 군세가 발견되었다. 마침내 은가면의 군대를 포착한 것이다.

"은가면의 병력은 2, 3천밖에 되지 않는다. 이쪽이 훨씬 많지. 정면으로 단숨에 짓밟아버리자."

젤리코 자작은 자신만만하게 명령했다. 그의 명령은 옳았다. 단, 명령의 전제가 되는 사실의 파악이 완전히 틀렸다. 그들의 전방에 나타난 파르스군의 숫자는 루시타니아군의 세 배나 되는 대병력이었다.

그 사실을 루시타니아군은 알아차리지 못했다. 아니,

알아차리지 못하도록 파르스군이 행동했던 것이다. 파르스군의 지휘자는 실로 교묘한 용병가였다. 첫 충돌 후 슬금슬금 후퇴를 시작해 그 후로도 몇 차례나 부딪치게 한 후 급속히 후퇴했다. 젤리코는 당해내지 못한다고 판단해 도망치려는 것이라고 믿었다. 돌진을 명령하고 밀어붙였다. 정신없는 시간이 지나가고, 문득 이성을 되찾았을 때 루시타니아군은 전방과 좌우 세 방향을 완전히 적에게 에워싸이고 있었다. 당황한 젤리코의 앞으로 시커먼 말그림자가 달려왔다.

"그대가 루시타니아군의 지휘자로군."

그 목소리가 파르스군의 지휘자임을 젤리코는 깨달았다. 침착한 목소리가 다시 이어졌다.

"그대에게는 승산이 없다. 당장 엑바타나로 돌아가 목숨을 부지하라."

"닥쳐라, 이교도! 악마의 앞잡이!"

젤리코가 고함을 질러댔다.

"우리에게는 신의 가호가 있다. 어찌 네놈들 따위에게 패배하겠느냐. 네놈의 목을 신의 제단에 장식하여 신의 사도로서 사명을 다하리라."

격렬한 기세로 젤리코는 적장에게 달려들었다.

그는 겁쟁이가 아니었다. 그러나 무모하다는 데에는 이견의 여지가 없었다. 그가 베려 했던 상대는 과거 파르스 왕국이 자랑하던 열두 마르즈반 중 한 사람, 용장 삼이었던 것이다.

두세 합을 겨룰 수 있었던 것은 그가 무인으로서 예의를 갖추어 주었기 때문이었다. 삼의 검이 젤리코의 투구 아래에 꽂혔다. 칼날은 귀에서 반대편 어깻죽지에 걸쳐 젤리코의 급소를 충분히 갈라놓았다. 용감했지만 어리석었던 루시타니아 귀족은 피분수를 높이 뿜으며 말 위에서 날아갔다.

젤리코의 주검이 땅바닥에 떨어졌을 때, 그의 부하들은 이미 궤란 상태에 빠졌다. 세 방향에서 파르스군에게 공격당해 대열이 흐트러지고, 마침내 남은 한 방향을 향해 도망쳤다. 삼은 이들을 굳이 쫓지는 않았지만 루시타니아군이 버려놓고 간 시체는 이미 3천 구를 헤아렸다.

삼은 다시 대열을 재정비하고 주군인 히르메스 왕자와 합류했다. 히르메스는 마구잡이로 도망치던 루시타니아군에 호된 타격을 입혀 2천여 명을 더 물리친 후였다.

"드디어 왕도를 탈환할 때가 왔다, 삼."

"전하의 위업에 미력하나마 공헌을 할 수 있어 영광이옵니다."

삼의 목소리는 여전히 조용했다. 젤리코 자작을 쓰러뜨린 공을 과시하려고도 하지 않았다. 삼에게 이 정도

공적은 어린아이 장난이나 다름없었다.

"기스카르 놈. 오늘 밤 일을 알면 어떻게 움직일지. 혹은 움직이지 않을지도 모르지만, 기대되는군."

히르메스는 피에 젖은 장검을 칼집에 거두고 삼에게 물었다. 삼이 자불 성을 수호하는 동안 서방의 분위기는 어떠했느냐고.

삼이 간추린 서방의 정보에 따르면 이리나 공주의 고국은 정세가 별로 좋지 못했다. 마르얌을 완전한 신권 국가로 바꾸고자 대주교 보댕이 분투하고 있다는 것이다. 특히 신의 이름을 내세워 자신의 세력을 확대하고, 음모를 꾸며 동료들을 함정에 빠뜨리고, 반대하는 자를 처형해 급속도로 지위를 다져나간다고 한다.

"보댕이라는 자는 마르얌의 병마로 기스카르 공작에게 대항할 심산일지도 모릅니다. 기스카르 공작의 자리를 차지할 수 있다면 이알다바오트 교계 전체의 지배권을 독점할 수 있으리라 생각했을 것입니다."

"놈에게 그런 그릇이 있을 리가. 그놈은 기스카르의 말대로 미친 원숭이일 뿐이다."

히르메스가 조롱하자 삼이 신중하게 지적했다.

"그릇은 둘째 치더라도 야심은 있습니다. 실제로 마르얌 왕국은 놈의 더러운 손에 떨어지고 있습니다. 전하께서는 부디 방심하지 마시옵소서."

"그래, 알았다. 그러나 현재 나는 기스카르와 안드라고라스만도 벅차다. 이놈들의 숨통을 끊은 후 보댕을 생각하도록 하지."

히르메스가 말하자 삼은 조용히 고개를 숙여 대답했다. 그가 왕자 앞에서 물러나자 히르메스는 은가면 너머로 나직하게 중얼거렸다.

"보댕 그 미친 원숭이놈. 그놈은 언젠가 반드시 정리해주지. 그러면 이리나 공주에게 나라를 되찾아줄 수 있을지도 모르니."

이리나 공주를 보호한 후로 히르메스는 그녀와의 대면을 피하고 있었다. 복수와 야심에 들끓는 자신의 심정이 약해질까 두려워했기 때문이다. 그러나 파르스만이 아니라 마르얌의 국토까지도 회복하고 두 나라를 통일 지배할 수 있다면 히르메스의 이름은 역사에서 사라지지 않는 광채를 남기게 될 것이다……

제5장 어지러이 피는 모래폭풍

I

　7월에 접어들자 파르스군이 동방국경을 지키는 페샤와르 성새는 한층 긴박한 공기에 휩싸였다. 루시타니아군에게 마침내 전면공세를 가할 시기가 다가왔기 때문이다. 안드라고라스는 직접 군을 이끌고 선두에 서려 했다.

　"냉큼 은퇴해서 왕태자에게 실권을 넘겨주면 편할 텐데. 자기 힘으로 엑바타나를 탈환해야만 하잖아. 모르나? 고생길이 훤하다는 걸."

　기이브 같으면 그렇게 이죽거렸을 테지만, 안드라고라스는 그해 마흔다섯 살이었으며 군주로서는 오히려아직 젊다 해도 좋을 정도였다. 한번 잃어버린 줄 알았던 지위를 자신의 힘으로 회복한 이상 은퇴할 마음 따위 있을 리 만무했다. 무뚝뚝하고 언짢은 듯한 분위기를 풍기면서도 당당한 위풍은 전군을 압도하여, 설령 반감을 가진 자라 해도 그의 앞에 나가면 움츠러들어 입을 열 수 없을 것 같았다.

사트라이프 루샨은 이 무렵 눈에 띄게 나이를 먹은 것 같았다. 그는 사려 깊고 건실하여 왕태자 아르슬란의 후견 역할을 잘 맡아주었지만 왕태자가 추방된 후로 기운이 없어졌다. 안드라고라스는 루샨을 해임하지는 않았으되 거의 무시했다. 온갖 잡무를 떠맡길 뿐 중요한 상담을 청하는 일은 없었다.

"아르슬란 전하께서 즉위하셨다면 루샨 경은 재상이 될 수 있었을 텐데. 하지만 샤오가 부활하는 바람에 오히려 경원당하게 되었지. 뭐가 화근이 될지 알 수 없다니까."

성내에서는 그렇게들 수군거렸다. 아르슬란에게 신뢰를 얻어 최연장자 중신으로서 대우를 받았을 때에 비해 루샨이 힘을 잃은 것처럼 보이는 것은 분명했다.

한편 이 시기에 페샤와르 성과 강 하나를 둔 신두라 왕국에서는 파르스 왕태자 아르슬란과 마음을 나눈 벗을 자청하는 인물이 오랜만에 전해들은 파르스의 정세 격변에 놀라움과 어이없음을 보이고 있었다.

"뭐야, 부왕이 아르슬란을 추방했다고? 이제까지 세운 공을 무시하고? 안드라고라스라는 자도 아들에게 참 너무하는군. 아르슬란도 안됐지."

라젠드라는 불운한 왕자를 동정했다. 그는 멋대로 아르슬란을 자신의 동생처럼 보고 있었다. 또한 안드라고라스가 아르슬란만큼 라젠드라에게 호의적일 거라고도 생각할 수 없었다. 아무리 생각해도 아르슬란이 파르스의 왕권을 잡는 편이 라젠드라에게는 고마웠다.

그렇다고 적극적으로 안드라고라스를 타도할 마음은 없었다. 아르슬란이 부왕과 대결할 때는 '힘내라, 힘내라' 하고 멀리서 응원해줄 생각이었다. 그 이상 쓸데없는 힘을 빌려주기라도 했다간 아르슬란에게 실례가 아니겠는가!

또 한 사람, 신두라 라자에겐 신경이 쓰이는 외국인이 있었다.

"일테리시 그놈은 어디에 숨어 있는 거람. 그 광전사가 어디선가 서성거리고 있다고 생각하면 북쪽으로 다리를 쭉 뻗고 잘 수도 없는데."

라젠드라는 상당히 진지하게 투란의 젊은 참칭왕이 어디로 갔는지를 찾아보았으나 결국 발견하지 못했다.

"고국으로 돌아갈 수도 없을 테니 아마 어디선가 객사해버리지 않았겠습니까. 두 번 다시 그자의 소문을 들을 수는 없을 줄로 아옵니다."

라젠드라의 곁에 돌아온 첩자들은 하나같이 그렇게 보고했다. 신두라 라자에게는 길보라 해도 좋았다. 투란이 사실상 멸망하고, 가장 두려워해야 할 적수가 지상에서 사라졌으니 이처럼 좋은 일이 어디 있겠는가. 비록 라젠드라는 자신의 이익을 사랑하지만 어째서인지 이번만큼은 좀처럼 믿을 마음이 들지 않았다.

그러나 결국 사라져버린 사람보다는 아직 확실하게 살아있는 사람 쪽이 중요하다. 라젠드라는 일테리시의 행방을 더 이상 조사하지 않고, 앞으로 파르스군이 어떻게 움직일지를 주의 깊게 관찰하기로 했다.

한편 페샤와르 성에서 지금 가장 고생이 많은 인물은 키슈바드일 것이다.

키슈바드의 집안은 파르스 건국 이래 왕실을 섬겼던 무문이다. 키슈바드 본인을 포함해 여섯 명의 마르즈반을 낳았으며 제8대 샤오 오스로에스 3세 치세 때는 에란(대장군)도 배출했다. 격으로 따진다면 '마르단후 마르단' 다륜조차 키슈바드에게는 미치지 못한다. 다륜의 백부였던 바흐리즈가 에란에 오르기에 앞서 마르즈반이 되기 전까지는 천기장에 머물렀던 가문이었다.

쿠바드는 어떤가 하면, 아버지는 평민이었다. 뛰어난 사냥꾼이었고 완력도 있었으므로 백기장 지위에 있던 기사가 자신의 딸과 결혼시켜 가문을 잇게 하였다. 신분제도에도 이러한 샛길은 있는 법이다.

따라서 쿠바드는 키슈바드만큼 샤오나 왕비에게 고개를 숙일 마음은 없었다. 아트로파테네 회전 때 '부하를 버리고 도망치는 군주에게 바칠 목숨이 어디 있느냐'고 공언한 것도 쿠바드였다. 그는 다륜이 남겨놓고 간 1만 기의 지휘권을 맡았지만, 완고한 안드라고라스도 어째서인지 쿠바드를 쓰기 어려워했다. 언제나 키슈바드가 군대의 일을 도맡아 하게 되어, 쿠바드는 그 틈에 술만 마셔댔다. 쿠바드의 말을 빌리자면, 누구 한 사람이 고민할 때 다른 한 사람은 즐기지 않으면 세상의 조화가 잡히지 않는 법이라나.

"키슈바드, 자네는 나보다 어린 주제에 고생을 사서 하는구만. 세상은 사람 마음대로 안 되는 법이야. 너무 심각해지지 말라고."

그런 쿠바드 자신의 인생 신조라고 하면…….

"성공하면 내 공적. 실패하면 운명의 탓."

그렇게 말하며 쿠바드는 껄껄 웃었다.

"그 정도로 배를 째고 나면 머리와 위장이 아플 일이 없지. 뭐, 자네가 고민해주니 나는 편하지만. 적당히 해두게나."

분명 쿠바드의 말이 맞다. 그러나 쿠바드의 논법을 빌

리자면 키슈바드의 처지도 그 자신의 뜻대로는 되지 않는 법이었다.

투스와 이스판은 왕태자 아르슬란이 부왕에게 추방당했을 때 페샤와르 성에 남았다. 이 두 사람이 키슈바드와 면담을 청한 적이 있다.

이스판은 다소 유감스러워했다. 말하기 힘들어했지만 진지하게 키슈바드에게 호소했다.

"상황이 뜻과 달라졌다고까지는 하지 않겠으나, 다소 억울한 기분도 듭니다. 왕태자 전하께서 그러한 식으로 페샤와르에서 퇴거하시다니. 저 같은 놈이 함부로 나설 수는 없지만 안드라고라스 폐하도 달리 방법이 있지 않으셨겠습니까."

투스는 입을 다물고만 있었다. 원래 말수가 없는 사내였다. 표정조차 별로 움직이지 않는다. 아마 파르스에서도 손꼽히는 철쇄술의 고수겠지만 그 사실을 자랑하지도 않았다. 가족이 있는지 어떤지조차 알 수 없다. 그러나 그 역시 이스판과 같은 생각임은 키슈바드도 잘 알았다. 입 밖으로 내지 않는 만큼 샤오 안드라고라스의 방식에 대한 비판은 이스판보다도 날카로울지 모른다.

이스판도 원래 말이 많은 사내는 아니었다. 투스가 그보다도 말이 없으므로 이스판이 떠들 수밖에 없었다. 그리고 말을 하면 할수록 감정이 격렬해져 샤오에 대한 불만이 더해졌다.

원래 이스판은 영달을 바라고 온 것이 아니었다. 죽은 형 샤푸르를 대신해 왕가에 충성을 다하고 싶어서였다. 물론 마르즈반이라도 되어 무명을 빛낼 수 있다면 가문의 영광이겠지만 그것은 결과일 뿐이다. 신물이 나 고향으로 돌아간다 한들 아무도 곤란해하지 않을 것이다.

들을 만큼 듣고 키슈바드는 그들을 다독였다.

"성급하게 굴지 말게. 애초에 우리가 루시타니아군과 싸우는 이유는 파르스의 땅과 민중을 포악한 침략자들에게서 해방하기 위해서일세. 왕가니 궁정이니, 그런 건 지금은 잊게나. 왕도를 회복한 다음 생각하면 되네."

이 말은 키슈바드가 자기 자신에게 들려주는 말이기도 했다.

투스, 이스판과 헤어져 키슈바드는 발을 성내의 탑 한 곳으로 돌렸다. 그중 한 곳에 투란의 젊은 장군 짐사가 갇혀 있었다.

"폐하의 명이다. 투란인인 그대를 원정을 떠나기 전에 치를 의식에 제물로 바치겠다고 하신다."

방에 들어온 키슈바드가 그렇게 말했을 때 투란의 젊은 장군 짐사는 잠시 후 입술을 일그러뜨렸다.

"고마운 일이군. 눈물이 날 지경인걸."

그는 포로이고 부상자였으며 신분에 어울리게 감옥이

자 병실이기도 한 방에 갇혀 있었다. 그는 나르사스의 책략에 빠져 파르스군과 내통한 자가 되어 아군인 투란군에게 쫓기다 화살에 부상을 입었다. 그를 구해 치료해준 것은 아르슬란 왕자의 군대였다. 그런 아르슬란이 부왕에 의해 페샤와르 성에서 쫓겨나게 되자 짐사는 움직이려야 움직일 수도 없어 그대로 성내에 머물게 되었다.

"샤오의 명이기는 하지만 적이어도 투란의 무장으로서 용전했던 그대를 죽게 내버려둘 마음은 들지 않는다."

키슈바드가 살짝 목소리를 낮추었다.

"기회를 주지. 출전 의식은 내일모레 치러진다. 그때까지 성 안에 있으면 그대의 운명은 샤오의 명령을 넘어설 수가 없다."

말로는 하지 않았다. 그러나 키슈바드가 행간으로 권유한 것은 도주 외의 그 무엇도 아니었다. 짐사의 표정이 바뀌는 것을 지켜보고 키슈바드는 몸을 돌려 나가며 두꺼운 문을 닫았다.

II

한동안 짐사는 생각에 잠겼다. 과거와 현재와 미래에 대해 생각을 하지 않을 수 없었다.

애초에 짐사는 현재 페샤와르 성에서 살아있는 것 자

체가 이상했다. 그가 속했던 투란군은 패멸했고 카간 토크타미시도 이 세상에 없다. 지농 일테리시도 행방이 묘연하다고 한다. 얄궂은 일이었다. 짐사는 이 두 사람 때문에 배신자로 간주되어 아군의 화살에 부상을 입게 되었는데.

그 두 사람이 사라져버린 이상 짐사는 고국 투란으로 돌아갈 수 있을지도 모른다. 그러나 '무슨 낯짝으로 돌아갈 수 있겠느냐'는 표현은 바로 이럴 때 쓰는 말이었다. 그에게는 형제도 가족도 있지만 사이가 좋지 못해, 돌아간다 해봤자 환영받을 것 같지도 않았다.

사실 결론을 내는 데 긴 시간은 필요하지 않았다. 도망치지 않는다면 살해당해 출전의 제물이 될 뿐이었다. 왕태자 아르슬란이 구해준 목숨을 그의 부왕인 안드라고라스에게 빼앗긴다니, 아무리 생각해도 어리석었다.

"좋아, 살아남겠어. 무사히 도망치고 말겠어."

짐사는 결심했다. 투란은 사실상 멸망했고 카간은 죽었다. 그렇기에 짐사는 살아남아야 했다.

한번 결의하자 짐사의 행동은 신속했다. 밤이 되어 병사들의 취침 시각이 지나자 그는 침상에서 일어났다. 창문에 쇠창살이 끼워져 있기는 했지만 지난 열흘 이상 갇혀 있으면서 수프를 끼얹고 갑옷 파편으로 긁어서 조금씩 약하게 해두었다. 쇠창살 하나를 떼어내고 또 하나에는 침대보를 묶어, 2천을 헤아릴 만한 시간을 들여 짐사는 창밖으로 내려갈 수 있었다. 바깥은 두꺼운 어둠에 휩싸여 있었다.

'쳇, 어디에 뭐가 있는지 전혀 모르겠군. 꼭 내 미래 같은걸.'

속으로 중얼거리며 짐사는 발소리를 죽이고 걸었다. 떼어낸 쇠창살 말고는 무기가 없어 불안했다. 병사들의 말소리며 말 울음소리를 피해 어둠 속을 나아가던 그는 새처럼 펄쩍 뛰었다. 그보다도 몸집이 훨씬 크며 무장을 갖춘 그림자가 바로 곁에 나타났던 것이다. 짐사가 물었다.

"누구냐, 거기 있는 것이."

"나다."

"나라고 하면 어떻게 아나. 수상한 놈이군. 이름을 대고 나와라."

짐사는 짐짓 거들먹거리며 단정을 지었지만 현재 페샤와르 성에서 가장 수상한 인물은 짐사일 것이다. 상대는 다소 언짢아진 말투로 대답했다.

"왕태자 전하를 섬기는 자라반트다."

어둠에 익숙해진 짐사의 눈에 상대의 얼굴이 비쳤다. 자라반트라는 이름은 몰랐지만 그 얼굴은 기억이 났다. 짐사 자신이 바람총으로 부상을 입힌 자이기 때문이다.

옛 적과 아군이 벽 하나를 사이에 두고 부상 입은 몸을 치유하고 있었던 것이다. 아르슬란이 부왕에게 추방당했을 때에도 병상에 누워 있었으므로 무언가를 할 수 있는 상태가 아니었다.

이번 출진에서도 그는 부상을 핑계로 안드라고라스에게 도움을 주려 하지 않았다. 원래는 투스나 이스판과 어깨를 견줄 만한 사내였지만 병실에 틀어박힌 채 샤오를 섬기려고도 하지 않았다. 자라반트의 말을 빌리자면, 왕태자 같으면 자기 발로 병자를 위문하러 찾아왔을 것이다.

"나는 파르스의 기사로서 샤오 안드라고라스 폐하를 섬겨야 하는 몸이다. 그러나 왕태자 전하에 대한 샤오의 행동을 보니, 아무래도 수긍이 가지 않는다. 생각해 보면 나는 원래 왕태자 전하를 보고 왔던 몸이었지."

그렇기에 이 성을 떠나려 한다. 자라반트는 그렇게 말한 것이다. 안드라고라스가 출전한 후라면 얼마든지 간단히 그럴 수 있었겠지만 그래서는 깔끔하지가 못하다. 샤오의 방식에 항의하는 의미에서도 오늘 밤 성을 떠나려 했다.

"어느 나라에 태어났든 마음을 하나로 해 같은 주군을 섬기면 되는 거다. 신두라인을 보면서 그 사실을 몸소 깨달았지. 깨달은 이상 그 신두라인에게도 사과하고 아르슬란 전하를 위해 함께 싸우고 싶었다."

　자라반트는 그렇게 달변가가 아니었으므로 자신의 심리를 설명하기가 매우 힘들었다. 그러나 짐사는 그의 마음을 이해했다. 생각해보면 그 아르슬란이라는 왕태자는 무능해 보여도 어째서인지 용사들의 인망을 모으는 힘을 가진 것 같았다.

　"나는 아르슬란 왕자 덕에 목숨을 건졌다. 살아남은 이상 살아갈 길을 모색해야만 하지. 그 길은 아무래도 자네와 같은 방향에 있는 것 같군."

　짐사는 그렇게 말하고 제안했다.

　"어차피 이렇게 되었으니, 이참에 힘을 합쳐 페샤와르를 탈출하지 않겠나?"

　이리하여 한때는 서로를 죽이려 했던 두 기사는 이제 공통된 목적을 가지고 파르스의 성새를 탈출하게 되었다.

　자라반트는 단순하지만 효과적인 방법을 생각했다. 그가 샤오에게서 직접 명령을 받아 동행 기사 한 사람을 데리고 성 밖으로 나가려 한다는 것이었다. 어느 정도 준비를 갖춘 후 두 사람은 말과 무장을 갖추고 야반에 성문을 나가는 데 성공했다. 어차피 이 성공이 오랫동안 이어지지는 않으리라 생각했지만 아니나 다를까, 성문을 나온 직후 탄로 나고 말았다.

"투란인이 도망쳤다!"

고함이 싸늘한 돌벽에 반사되었다.

자라반트와 짐사는 말을 요란하게 채찍질했다. 말발굽 밑에서 돌멩이가 튀어 불꽃을 일으키는 것 아닐까 싶을 정도였다.

포로가 도망쳤음을 알아차린 페샤와르 성새에서는 즉시 추적이 시작되었다. 투란인이 도망치는 데에 유력한 장군 중 한 사람인 자라반트가 힘을 보탰다는 사실은 금방 판명되었다. 소란은 더욱 커졌다. 자라반트까지 도망칠 줄은 키슈바드도 예상하지 못했다.

'이렇게 되면 안드라고라스 폐하께 충성을 다하겠다는 자가 과연 몇이나 될지, 앞날이 훤하군.'

그렇게 생각하면서도 키슈바드는 탈주자들을 잡기 위해 병사를 출격시키지 않을 수 없었다. 야간 추적극은 달이 중천에 이르는 시각까지 이어졌다. 말발굽 소리가 후방으로 다가오자 자라반트가 막 생긴 동료에게 고함을 질렀다.

"먼저 가게, 투란인! 이곳은 내가 막을 테니."

자라반트는 등자에서 발을 떼고 짐사의 말 엉덩이를 걷어찼다. 말은 울부짖으며 높이 앞발을 들었다가, 땅에 내린 것과 동시에 폭풍 같은 기세로 달려나가고, 멀어졌다. 안장 위의 짐사가 무어라 할 틈도 없었다.

자라반트가 커다란 바위 뒤에 말을 숨기고 검을 무릎 위에 놓은 채 바위 위에 주저앉아 있으려니 금세 추적 자들이 어둠 속에서 나타났다. 자라반트의 무예를 아는 만큼 일부러 다가오려고 하지는 않았다. 마르즈반 키슈바드가 말을 몰아 다가와 도망자에게 외쳤다.

　"자라반트, 그대는 투란인의 칼에 위협을 받아 이러한 짓을 했겠지. 그렇지 않나?"

　키슈바드의 진의는 자라반트가 죄를 모면하게 해주려는 것이었다. 어느 나라에서나 협박을 받아 어쩔 수 없이 행동했을 때는 죄가 가벼워지게 마련이다.

　그러나 자라반트의 대답은 황송한 태도와는 거리가 멀었다.

　"이 자라반트는 협박당해 명령에 따르는 그런 얼간이가 아니오. 한번 목숨을 구해주었던 자를 출전 의식의 제물로 삼겠다니, 기사의 도리에 어긋난다 생각했기에 굳이 이러한 길을 모색하였소."

　"어디서 잘난 척이냐, 애송이 주제에."

　뱃속까지 울려 퍼지는 목소리와 함께 앞으로 나온 인물이 있었다.

　키슈바드가 서둘러 예를 갖추었다. 파르스 샤오 안드라고라스 3세가 몸소 말을 타고 달려왔던 것이다.

　"애송이, 그만한 큰소리를 칠 정도라면 무용으로 기사

의 도리란 것을 관철해 보거라. 짐과 검을 마주하겠느냐?"

"샤오에게 들이댈 검은 없습니다."

"그렇다면 거기서 비켜라. 투란인의 목을 베어 그대의 죄를 용서해주마."

"글쎄요. 소신은 그 투란인과 약정을 했습니다. 그자가 무사히 도망칠 때까지 추적을 막아보겠노라고. 이제 와서 약정을 깨뜨릴 수도 없지요."

"헛소리를 지껄이는구나. 나르사스 같은 놈들의 독기에 물든 모양이지."

안드라고라스는 굵은 오른팔을 옆으로 뻗었다. 종자가 두 손으로 받든 창을 붙잡더니 소리 높여 내민다. 밤 공기 속에 살기가 충만했다.

"죽지 않고서는 면목이 서지 않겠군. 샤오가 직접 파르스 기사의 면목을 세워주마."

"폐하!"

키슈바드가 목소리를 높였다.

"진노는 지당하오나, 파르스의 샤오께서 파르스의 기사를 직접 처단하셔서는 손이 더러워질 것입니다. 폐하의 무용은 루시타니아인에게……."

행간으로 말한 것이다. 샤오가 자신의 손으로 아군을 죽인다면 장병의 사기가 떨어진다고. 샤오의 무자비한 모습에 반감을 느끼는 자도 나올 것이라고. 충언이었다. 그러나 그만큼 귀에는 쓰다. 안드라고라스는 불쾌하게 눈썹을 일그러뜨렸다.

"모반자를 칠 권리가 샤오에게 없다는 말이냐, 키슈바드."

"부디 고정하시고 관용을 베푸시옵소서. 자라반트는 이제까지 국가를 위해 수많은 무훈을 세웠습니다."

"흥, 낡은 공으로 새로운 죄를 갚게 하겠다는 게냐?"

희미하게 웃은 안드라고라스는 그 표정 그대로 팔을 치켜들더니 창을 내던졌다.

창은 바람을 가르고 날아가 자라반트의 흉갑에 꽂혔다. 무시무시한 기세였다. 갑옷에 균열이 일어나는 소리가 똑똑히 들렸으며, 자라반트의 몸은 크게 흔들리더니 바위 위에서 뒤로 넘어졌다.

한동안 움직이는 자가 없었다.

"키슈바드 네놈이 쓸데없는 소리를 하니 힘이 빠지고 말았구나. 놈이 운이 좋다면 살아남을 수 있겠지."

내뱉듯 말한 안드라고라스는 말고삐를 당겼다. 키슈바드도 그 뒤를 따라 기수를 돌리며 한 손을 들어 귀성 명령을 내렸다. 천여 기의 말발굽 소리가 지표를 울리고, 추적을 나온 장병들은 페샤와르로 돌아가기 시작했다. 말을 몰며 키슈바드는 수염 아래에 미소를 감추었다.

'자라반트도 의외로 방심할 수 없는 놈이었군. 몰래 강풍을 등지고 서서는…….'

한편, 밤길을 질주하며 짐사는 가슴속으로 중얼거리고 있었다.

'그야말로 인간의 운명이란 모를 노릇이다. 투란인인 내가 거듭해서 파르스인 덕분에 목숨을 건지다니.'

게다가 그 파르스인은 보아하니 목숨을 잃은 것 같았다. 그렇다면 이중 삼중으로 파르스인에게 빚을 진 셈이다.

굶주렸을 때 양 한 마리를 나누어 준 은혜는 평생을 걸려서라도 갚아야만 한다. 이는 유목국가인 투란에 전해져 내려오는 격언이었으며 짐사는 이를 절절히 실감했다. 이렇게 되면 파르스 왕태자 아르슬란과 재회해 자라반트의 죽음을 알려야만 한다. 기묘한 일이었지만 그것도 살아있으니 가능한 일이다. 긍정적으로 생각하자.

짐사의 이동은 밤인 데다 외국이기도 한 만큼 실력만큼 빠르지는 않았다. 날이 밝기 직전, 짐사의 귀는 후방에서 다가오는 말발굽 소리를 포착했다. 칼자루에 손을 가져다 대고 돌아보자 그의 시야에 비친 기마무사는 놀랍게도 자라반트였다.

"자네, 살아 있었나!"

"애석하게도 살아있네. 반걸음만 잘못 디뎠으면 저승

사자에게 목덜미를 붙잡혔을 판이었지만."

자라반트는 커다란 손으로 갑주의 얼룩을 닦아냈다. 흉갑에 커다란 균열이 나 있었다. 안드라고라스의 창에 맞아 생긴 균열이었다. 샤오의 창은 갑주를 가르고 그 밑의 옷을 찢고 자라반트의 피부에 박혔다. 그가 강풍을 등지지 않았다면 적어도 흉골까지 부서졌을 것이다.

"자, 오래 있어봤자 무엇하나. 한시라도 빨리 이곳을 떠나세."

이리하여 파르스인과 투란인으로 이루어진 기묘한 일행은 대륙공로를 서쪽으로 달려나갔다. 적당한 지점에서 그들은 공로를 벗어나 남쪽으로 향하여, 니무르드 대산맥을 답파하고 왕태자 일행과 합류하게 될 것이다.

III

출전 의식에 제물로 바쳐야 할 인물은 페샤와르 성에서 도망쳤지만 그렇다고 출전이 연기되는 것은 아니었다.

"제물을 바치는 건 뒤로 미루기로 하겠다. 어차피 루시타니아 놈들의 피가 호수를 이룰 터이니."

안드라고라스는 그렇게 말하고 짐사와 자라반트의 도망에 관해 키슈바드를 의심하는 말은 입에 담지 않았다. 어쩌면 안드라고라스는 이미 다 알고서 키슈바드에게 심리적인 압박을 가할 생각인지도 모른다.

안드라고라스가 무어라 생각하든 이렇게 된 이상 키슈바드는 자신의 책임을 다할 뿐이었다. 착착 출전 준비를 갖추고, 이제는 샤오의 명령과 동시에 페샤와르 성문을 출발할 수 있는 태세를 갖춰두었다. 쿠바드조차 술병을 내던지고 천기장들을 소집해 이러저러한 지시를 내렸다.

천기장 중 하나인 바르하이는 처음에는 노장 바흐만의 부하였으며 그가 죽은 후에는 다륜 밑에서 일했다. 그리고 다륜이 탈주한 후에는 쿠바드에게 속하게 되었다. 그런 그가 동료 천기장에게 이렇게 속삭였다.

"나도 마르즈반 세 분을 가까이에서 보았네만, 세 번째 분이 아무래도 제일 건성인 것 같군. 슬슬 저세상에 가서 영웅왕 카이 호스로 님의 군대에서 말석을 차지할 날이 다가왔는지도 모르겠어."

그 사실을 일부러 쿠바드에게 고자질한 자가 있었지만, 애꾸눈 장한은 "나도 동감이다."라며 웃었을 뿐 바르하이를 나무라지는 않았다.

남은 페샤와르 성의 수비는 루샨에게 맡겨졌다. 이는 아르슬란이 출전했을 때와 마찬가지였지만 안드라고라스의 태도로 보건대 그 역할을 이전보다 경시하고 있음은 명백했다.

그리고 출전 전야.

키슈바드는 일찌감치 방으로 돌아왔으며 몸종들도 물러나게 했다. 바닥에 깔아놓은 갈대 방석에 책상다리를 하고 앉아 자랑하는 쌍검을 비단천으로 닦기 시작했다. 이제까지 루시타니아, 신두라, 투란, 미스르, 온 나라의 고명한 무장이며 기사를 헤아릴 수도 없이 명계로 보냈던 가공할 무기였다. 이를 손질하는 데에 다른 이의 손을 빌리는 일은 결코 없었다.

묵묵히 칼날을 닦던 키슈바드의 손이 멈추었다. 기묘한 소리가 들렸던 것이다. 부드러운, 그러면서도 매끄럽지는 않은 소리여서 금방은 무슨 소리인지 판단이 서질 않았다. 거친 종이가 무언가에 닿는 소리임을 알아차렸던 것은 자리에서 일어난 다음이었다.

키슈바드는 바닥을 둘러보다가, 이내 앉아서 시선을 낮추었다. 몇 번인가 자세를 바꾼 끝에 키슈바드는 그것을 창문에 걸린 두껍고 긴 장막 밑에서 발견했다.

어떤 종류의 소나무 수지에서 채취한 접착제로 장막 뒤쪽에 붙여놓았던 것이, 시간이 지나 접착제의 효과가 사라져 바닥에 떨어졌던 것이다.

키슈바드는 이를 주웠다. 굵은 실에 묶인, 두껍고 변색된 종이 다발이었다. 키슈바드의 뇌리에 번갯불이 번뜩였다. 이것이 무엇인지 짐작 가는 바가 있었던 것이다.

"……이건 에란 바흐리즈 님의 밀서가 아닌가."

키슈바드의 두 눈에 동요의 빛이 내달렸다.

작년 초겨울, 왕태자 아르슬란이 페샤와르에 입성한 후로 그들의 가슴 밑바닥에 응어리졌던 한 사건이 있었다. 에란 바흐리즈가 마르즈반 바흐만에게 보냈다는 밀서. 여기에는 왕태자 아르슬란의 출생에 관한 비밀이 기록된 것으로 보였다. 파르스 왕가에는 중대한 비밀이었다. 마도의 그림자를 짊어진 자가 이를 노리고 성 안을 암약했던 적도 있다. 그것이 지금 키슈바드의 수중에 있는 것일까. 노장은 젊은 동료의 방에 이를 숨겨놓았던 것일까.

손가락이 봉납 위를 건드렸을 때 키슈바드는 자제했다. 뜯어보고 싶다는 충동을 억제하고, 왼손에 꽉 움켜쥐었다. 혼자만 읽어서는 안 된다. 이 밀서를 읽은 후 바흐만이 얼마나 고뇌했는지 키슈바드는 똑똑히 기억했다.

편지를 쥐고 발을 돌리려 했을 때, 출입구에서 그를 향해 목소리가 흘러나왔다.

"키슈바드 경."

남자 목소리가 아니었다. 싸늘하다기보다는 감정이 결핍된 메마른 목소리. 표면적인 음률이 수반된 만큼 오히려 인간의 마음에 찬바람을 불어넣는 효과가 있었다. 타흐미네 왕비가 그곳에 있었다.

"와, 왕비마마 아니십니까. 이런 곳에 어인 일로."

타히르의 인사를 무시하고 왕비는 하얀 섬섬옥수를 내밀었다. 어떻게 이곳에, 이럴 때 나타났는지 키슈바드가 생각할 여유조차 주지 않았다.

"손에 든 것을 이리 주십시오. 신하 된 자에게는 필요하지 않은 것입니다."

"……."

"왕비의 명령입니다. 그래도 거부하시겠습니까? 파르스의 신하 된 자로서 주군의 뜻에 거역하시겠습니까?"

"……아닙니다, 왕비마마."

키슈바드의 이마에 땀이 싸늘한 입자를 맺었다. 기이브였다면 키슈바드만큼 왕비에게 압도당하지는 않았을 것이다. 물론 그것은 키슈바드가 기이브보다 겁이 많다는 의미는 아니다. 키슈바드가 뼛속까지 파르스 왕실의 신하이기 때문이다. 용기나 논리의 문제가 아니라, 대대로 함양되었던 신하의 정신에 관한 문제였다.

키슈바드에게 내밀었던 왕비의 손이 가볍게 움직였다. 말없이, 거듭 요구한 것이다. 키슈바드가 밀서를 건네주기를. 마찬가지로 말없이 타히르는 그 요구에 응했다. 왕비의 손바닥 위에 에란 바흐리즈의 밀서를 얹었다.

왕비의 손이 멀어져가는 모습에 키슈바드가 느낀 기분은 패배감보다 오히려 기묘한 안도감이었다. 그렇다.

사실 그는 알고 싶지도 않았다. 왕태자의 출생에 관한 비밀 따위를 알아서 무엇한단 말인가.

왕비가 바흐리즈의 밀서를 손에 넣었다. 원래 비밀은 왕비, 그리고 샤오의 것이다. 비밀이 소유주에게 돌아갔다. 그저 그뿐 아닌가.

"키슈바드 경은 단순히 용맹한 무장이었던 것만은 아니군요. 신하로서의 분수를 잘 가늠하고 계셔서 저도 기쁩니다."

왕비의 목소리를 머리 위로 들으며 키슈바드는 더욱 깊이 고개를 숙이고, 물러나도 좋다는 허가를 구하려 했다. 그리고 그 직전에 다른 발소리가 들렸다. 무겁고 힘찬, 그러면서도 유연함을 겸비한 발소리. 호랑이나 사자의 전성기를 연상케 하는 발소리였다. 키슈바드는 걸출한 전사의 존재를 느꼈다. 고개를 들자 눈에 비친 것은 예상과 다르지 않은 얼굴이었다. 왕비 타흐미네의 남편, 샤오 안드라고라스 3세였다.

"주군과 신하 사이에 고랑이 생기지 않아 다행이라고 해야겠구나, 키슈바드."

"황송하옵니다."

키슈바드의 대답이 형식적인 것은 어쩔 수 없는 노릇이었다. 이를 알아차렸는지 어땠는지, 안드라고라스는 왕비의 손에서 바흐리즈의 밀서를 받아들었다.

"지난 1년 동안 파르스에 얼마나 기묘한 일이 이어졌는지 알 수 없다. 이 편지 따위는 댈 것도 못 된다."

샤오의 손이 벽에 걸린 횃불로 다가가고 불꽃의 혀가 밀서에 얽히는 모습을 키슈바드는 보았다. 샤오의 손에서 황금색 불꽃이 떨어지고 포석 위에서 밀서는 타올랐으며, 마침내 재가 되었다.

"비가 내리기 전에는 구름이 끼는 법이다."

수수께끼 같은 한마디였으나 키슈바드는 샤오의 말뜻을 이해했다. 온갖 흉조의 원인은 과거에 있다. 아마 선선대 고타르제스 대왕 시절에 무언가가 있었던 것이다. 가능하다면 다가가고 싶지도 않다고 생각하게 만드는 무언가가.

안드라고라스의 목소리가 이어졌다.

"청렴결백한 왕가 따위 이 세상에는 존재하지 않는다. 겉으로는 황금과 보석으로 치장되었으나 뒤로 돌아가면 유혈과 음모의 독기에 물들었지. 루시타니아 왕가도 마찬가지일 것이다."

그것은 과거 지하감옥에 유폐되었을 때 마르즈반 삼에게 했던 말과 같은 내용이었다. 물론 키슈바드는 처음 듣는 말이었다. 어떻게 반응해야 좋을지 알 수 없어 타히르는 침묵을 지켰다.

문득 떠오른 생각은 아르슬란 왕자의 출생에 관한 것

이었다. 출생의 비밀에 무슨 의미가 있을까. 아르슬란
은 아르슬란이며, 만일 왕자에게 파르스 왕가의 피가
흐르지 않는다면 왕자는 왕가의 주박과는 무관하다는
소리다.

어쩌면 그것은 훌륭한 일이 아닐까.

IV

엑바타나 성내에서는 드디어 물 부족이 심각한 지경에
이르렀다. 용수로가 정비되었을 무렵에는 백만 시민이
부족함 없이 물을 쓸 수 있었다. 마시고, 목욕하고, 오
물을 하수에 흘려보냈다. 길에 물을 뿌렸다. 인간만이
아니라 말도 양도 낙타도 은혜를 누렸다. 그러나 이제
성내는 반쯤 사막으로 변한 것 같았다.

"왕궁의 대분수를 멈춰라. 물이 아깝다."

기스카르는 명령했지만 대분수를 만든 기술자들은 루
시타니아군에게 살해당하고 말았다. 아무도 분수를 멈
출 수가 없었다.

어쩔 수 없이 대분수를 부수기로 했으나 공사 도중 물
을 운반하는 관이 빠지면서 엄청난 양의 물이 허무하게
지면에 흘러나가고 말았다. 지상에 넘쳐난 흙탕물을 병
사며 시민들이 필사적으로 독과 그릇에 퍼가는 모습이

왕궁에서도 보였다.

"보댕의 망령이 대체 얼마나 저주를 내리려는 것인지. 놈이 용수로를 파괴하고 가는 바람에. 놈이 수리 기술자들을 죽여버리는 바람에!"

이를 가는 기스카르에게 이번에는 서쪽에서 흉보가 날아왔다. 그것은 찌들고 상처 입은 패잔병의 무리가 가져온 것이었다. 젤리코 자작이 은가면의 군대에게 살해당했다는 소식이었다.

"은가면의 군대는 우리의 세 배는 되었습니다. 대체 어디서 솟아났는지……."

"……흐음, 그랬군. 그렇게 된 거였어."

명민한 기스카르는 머릿속으로 파르스의 지도를 그리고 사태를 이해했다. 은가면은 자불 성에서 군대를 모았던 것이다. 무엇을 위해? 그야 당연히 왕도 엑바타나를 공략하기 위해서가 아니겠는가.

"이거 함부로 엑바타나를 비우고 안드라고라스와 야외 결전을 벌일 수는 없겠는걸. 교활한 은가면 놈에게 성을 빼앗기기라도 했다간 웃음거리만 되겠지. 그렇다고 이렇게 물이 부족해서야 농성을 해도 앞날이 훤하고……."

상담할 상대가 없었으므로 이 무렵 기스카르는 혼잣말을 하는 버릇이 생기고 말았다. 참으로 우울한 노릇이었으나 어쩔 수가 없었다.

하루는 한 기사가 왕제의 격무 틈을 이용해 면회에 성공했다.

"왕제 전하. 겨우 뵐 수 있게 되어 기쁠 따름이옵니다."

"아, 올라베리아 경."

물론 얼굴과 이름은 기억했지만 과거 그에게 무슨 명령을 내렸는지 창졸간에 기스카르는 생각이 나지 않았다. 생각이 났다 해도 별로 마음이 동하지는 않았다.

"수고가 많았네. 하나 이제는 은가면 놈의 본심을 알아봤자 소용이 없게 되었네. 놈과는 완전히 결렬했으니 말일세. 놈은 어차피 좋지 못한 꿍꿍이를 꾸미고 있었겠지?"

"바로 그렇사옵니다, 왕제 전하. 은가면 놈이 꾸몄던 일은 사실은······."

"되었다고 하지 않았나."

기스카르는 귀찮다는 듯 손을 내저어 기사의 말을 가로막았다.

"올라베리아 경, 그대에게 헛수고를 시켜 미안하네만 이제는 그런 데 신경을 쓸 겨를이 없네. 은가면의 작은 행동 따위 아무래도 상관이 없어. 놈을 죽일 걸세. 놈이 품은 비밀 따위 알 바 아니야. 알겠나?"

왕제의 두 눈이 올라베리아를 노려보고, 어조는 차츰 격렬해졌다.

"……예, 알겠사옵니다."

그 이상은 올라베리아도 말할 수가 없었다. 루시타니아 전군에 닥친 거대한 위기를 생각한다면, 파르스인들이 산속에서 누군가의 능묘를 파헤치고 검을 발굴했다는 이야기는 아무런 의미도 없을 것 같았다. 게다가 돈 리카르도를 비롯한 동행자를 버리고 자신만 살아남았다는 죄책감도 있었다.

올라베리아는 기스카르 앞에서 퇴실했다. 그리고 기스카르는 올라베리아 따위 금세 잊어버렸다. 그는 신뢰하는 두 장군, 몽페라토와 보두앵을 불러 새로이 작전에 대해 협의했다.

엑바타나의 두껍고 견고한 성벽이 있는 이상 농성이 유리하다고 볼 수 있다. 그러나 성내의 물 부족이 이처럼 심각해지면 농성도 반드시 상책이라고는 할 수 없다. 아무리 병량이 풍부해도 물이 없으면 무의미하다. 무더운 이 계절에 성을 둘러싼 공방전이 벌어지고, 그때 물이 부족하다면 전사자의 시체에서 시독屍毒이 발생해 역병이 유행한다. 그렇게 성이 함락된 사례는 역사상 얼마든지 있었다.

또 한 가지 군사상의 문제가 있었다. 아무리 농성을 해도 외부에서 원군이 올 가능성이 없다는 점이었다. 마르얌 왕국에 있는 루시타니아군이 원군으로 와준다면 이와 호응하여 파르스군을 협공할 수도 있다. 그러나 지금 마르얌에 원군을 요청하기라도 했다간 가증스러운 보댕이 그것 보라고 비웃을 것이다.

'좋다. 애초에 나 혼자 힘으로 여기까지 이루어냈으니, 앞일도 내 손으로 처리해주마. 내 힘이 미치지 않는다면 그건 곧 루시타니아의 역사도 끝난다는 뜻이지.'

병상에서 끙끙거리는 형왕 이노켄티스에 대해 기스카르는 생각도 하지 않았다. 이제는 형 따위 생각하고 싶지도 않았다.

"……루시타니아군이 왕도를 점거한 지 이백하고도 수십 일. 그들은 부당한 즐거움을 이미 충분히 맛보았네. 슬슬 그들을 연회 자리에서 끌어내 집으로 돌아가게 해줄 시기가 되지 않았는가. 모두 준비를 해 주게."

남쪽의 항구도시 길란의 왕태자부에서 아르슬란이 그렇게 입을 연 것은 7월 25일이었다.

이렇게 된 데에는 다소 유별난 사정도 있었다. 길란에 있는 단 한 사람의 루시타니아인, 수습기사 에투알, 즉 에스텔. 그녀는 왕도에 남겨두고 온 부상자들을 걱정했지만, 이렇게도 말했던 것이다.

"너에게 이런 일을 부탁할 처지는 아니지만, 어떻게든

엑바타나에 진군해서 우리 국왕 폐하를 구해줄 수 없을까."

소녀의 부탁에 파르스인들의 반응은 호의적이지는 않았다.

"하긴, 우리도 부탁받을 처지는 아니지. 우리가 왕도에 진군하는 건 루시타니아를 위해서가 아니라 파르스를 위해서니."

기이브가 말했지만 그의 입을 거치면 '파르스를 위해'라는 말이 묘하게 간지럽게 들린다.

"가령 그렇게 된다면 그대들의 국왕은 무엇으로 보답해줄까."

이것은 다륜의 물음이었다. 에스텔은 대답했다.

"우리 루시타니아인은 파르스에서 나갈 것이다. 얌전히 나가겠다. 약탈한 재물도 물론 되돌려주고. 그리고 두 번 다시 파르스 국경을 침범하지 않겠다. 파르스의 죽은 이들에게 사죄도 하지."

그러자 나르사스가 끼어들었다.

"그 약속은 내용은 좋다 해도 약속하는 자가 문제인걸. 유감스럽지만 그대는 루시타니아의 국왕도 아니거니와 섭정도 아니야. 그대가 약속해준다 한들 사실상 미스칼 한 닢의 가치도 없어."

"국왕 폐하는 좋은 분이다. 분명 이해해주실 것이다.

내가 설득하겠어."

"좋은 분 때문에 죽지 않아도 될 파르스인이 백만 명이나 죽었네. 인덕의 선악 따위 상관없어. 행위의 선악이 문제이지."

약간 호된 어조로 나르사스가 사태의 본질을 지적했다. 에스텔은 입술을 깨물고 고개를 숙였다. 그 모습을 보고 아르슬란은 내버려둘 수가 없었다. 권력을 가진 자는 자신의 책임을 자각하지 못하고, 책임을 자각하는 자에게는 아무런 힘도 없다. 그 모순을 혼자 품고 있는 에스텔이 불쌍했다. 그러나 그런 사실을 입에 담아봤자 에스텔을 상처 입힐 뿐이 아니겠는가.

에스텔을 다른 방에서 기다리게 하고 아르슬란은 신뢰하는 부하들과 이야기를 나눠보기로 했다.

"광신과 편견은 무엇보다도 그 나라의 인간들을 해친다. 그 사실을 루시타니아 사람들이 알아주면 되네."

아르슬란의 목소리는 한 어절, 한 어절을 생각하고 음미하는 듯했다.

"루시타니아인 모두를 죽이고 싶지는 않네. 그들이 파르스에서 떠나가 준다면, 그것으로 족하네. 우리 파르스인은 루시타니아까지 쳐들어가 루시타니아인들의 신을 멸하고자 하지는 않아."

아르슬란은 한 손을 턱에 가져다 댔지만 이는 무의식

적인 동작이었다.

"게다가 에투알의 말을 들어보면 루시타니아의 지배자들도 분열된 듯하군. 우리가 편승할 기회도 있을지 모르네. 어찌 됐든 우리는 왕도로 나아가야 하네."

여기서 시선을 나르사스에게 고정했다.

"나르사스 경, 왕도를 둘러싼 싸움에 관해 그대에게는 아바마마와 다른 전법이 있겠지?"

"말씀하신 대로입니다, 전하."

"그렇다면 싸움이 끝난 후의 처리 방법에 또한 아바마마와는 다른 방식이 있을 걸세. 그것이 결과적으로 에스텔의 제안과 비슷한 것이 되어도 좋지 않겠는가."

아르슬란이 말을 끊자 침묵이 일동을 지배했다. 어두운 침묵은 아니었다. 서로 눈을 마주 보며, 입가에 웃음을 짓는 그런 침묵이었다. 이윽고 나르사스가 기분 좋게 웃으며 고개를 숙여 침묵을 깨뜨렸다.

"전하의 그 말씀은 무엇보다도 값지군요. 그 수습기사의 요청을 토대로 우리의 기본적인 방침을 세워보지요."

V

파르스력 321년 7월 말. 샤오 안드라고라스 3세가 이끄는 파르스군 10만과 왕제 기스카르 공작이 이끄는 루시타니아군 25만은 왕도 엑바타나 동쪽에서 정면으로 충돌하게 되었다.

아트로파테네 회전 이후 9개월 만의 일이었다. 그때는 누가 어떻게 보더라도 파르스군이 승리하리라 여겼으나 결과는 반대였다. 이번에는 과연 올바른 결과가 나올까.

루시타니아군의 진영 8만은 상당한 속도로 동진하여 7월 26일 현재 엑바타나 동쪽 20파르상(약 100킬로미터) 위치에 있었다. 서진하는 파르스군의 진영과 2파르상(약 10킬로미터) 거리를 두고 야영해, 쌍방의 성대한 불꽃은 합계 3만에 이르러 천상의 별들이 지상으로 이동한 것 같았다.

"오늘 밤은 바람이 강하구나. 내일은 필시 모래먼지가 일겠지."

안드라고라스가 중얼거렸다. '주이만드 평원'이라 불리는 땅에 숙영한 파르스군에서는 키슈바드가 샤오 안드라고라스 3세 앞에 나가 최종 작전안을 제출하고 있었다.

"나르사스 놈이 생각한 책략이로군."

왕의 목소리에 비아냥거리는 감정이 있어 키슈바드는 움찔했다. 그러나 말 그대로 그저 비아냥거렸을 뿐이었다. 안드라고라스는 그 이상 아무 말도 하지 않고 키슈바드의 작전안을 승낙했다. 공평하게 보아 가장 뛰어난 작전안이었기 때문이다.

"키슈바드, 그대는 실로 유능한 자다. 허풍이나 떨고 먹고 마시기만 하는 쿠바드와는 천양지차라 할 수 있지."

"쿠바드 경은 담력도 그렇고 병사를 통솔하는 역량도 그렇고, 얻기 힘든 무인이라 생각하옵니다."

"그렇게 생각하기에 짐도 놈을 마르즈반에 임명한 것이다. 그러나 과연 올바른 인사였는지."

샤오의 회의감은 둘째 치고, 파르스군은 두 마르즈반의 주요한 지휘 아래 전투에 임했다.

파르스군은 루시타니아 전군이 도착하기 전에 전열부대를 격파하고 싶었다. 그 승리로 루시타니아군을 격앙케 하여 판단력을 뒤흔들어 병력을 야금야금 투입케 할 수 있다면 그야말로 천운이 따라주는 셈이다.

루시타니아군의 전열부대를 지휘하는 보두앵 장군은 위대하다고는 할 수 없지만 유능한 무장으로, 왕제 기스카르 공작에게는 소중한 카드 중 하나였다. 또 다른 한 장의 카드는 몽페라토였다. 만일 이 두 사람이 사라진다면 용감한 기사는 많아도 대군을 지휘통솔할 역량이 있는 장군은 루시타니아군에 존재하지 않게 된다. 그렇게 되면 결국 기스카르가 직접 군을 지휘할 수밖에 없다.

보두앵이 이끄는 군은 기병 1만 5000, 보병 6만 5000. 파르스군의 전 병력에는 약간 미치지 못하지만 거의 호각의 승부를 벌일 수 있을 것이었다.

엑바타나의 성벽에서 나온 이상 루시타니아군에게도 계산이 있었다. 그들은 궁지에 몰리기는 했어도 전력은 안드라고라스 왕과 아르슬란 왕자와 은가면 히르메스 왕자를 합친 것보다도 많았다. 이 대병력을 살려 셋으로 분열된 파르스군을 하나하나 각개격파하면 그만이다. 그것이야말로 군략의 정도라 해야 하리라.

파르스군 쪽에서 중요한 역할을 맡은 장군은 투스였다.

투스는 그야말로 우수한 사내였다. 투란군을 상대로 했던 작전에서도 그는 나르사스의 신뢰를 저버리지 않고 파르스군의 승리에 공헌했다.

이번에도 그러했다. 투스는 경장기병 3천을 이끌고 선발대로 나갔다. 목적은 루시타니아군의 대열을 바꾸어버리는 것이었다.

지난 며칠 동안 대기는 건조했으며 바람은 강했다. 대륙공로는 모래먼지가 난무했다. 태양은 모래먼지의 장막 너머로 낡은 황옥처럼 보였다.

파르스군의 일부가 돌격하여 루시타니아군에게 화살을 퍼부었다. 그것이 시작이었다. 적의 움직임에 연계

성이 부족해 보였으므로 루시타니아군은 교묘하게 움직여 이를 포위하려 했다. 그러자 파르스군은 물러났다. 스무 번을 넘는 진퇴를 되풀이한 끝에 루시타니아군은 마치 혀를 내미는 듯한 형태로 돌출되어 파르스군을 격멸했다. 격멸하고 더욱 전진했다. 사자가 보두앵에게 달려와 승리를 보고했다.

"교만하지 마라, 멍청한 놈! 즉시 물러나 원래대로 진형을 재편성해라."

보두앵이 사자에게 고함을 질렀다. 칭찬을 받을 거라 지레짐작했던 사자는 놀라움과 불만이 섞인 표정을 지었다.

사자는 대군략이라는 것을 이해하지 못했다. 전투를 하다가 상대가 도망치면 승리라고 생각한다. 보두앵은 오랫동안 설명할 마음도 들지 않았으므로 고함을 지르고 진형을 재편성시킬 수밖에 없었다.

각개격파의 대군략은 병력을 집중시켜야 비로소 의미가 있다. 나머지 17만의 본대가 도착할 때까지 진형을 다져놓아야만 했다.

그러나 보두앵의 재빠른 지시조차 전황의 격변에는 따라가지 못했다. 루시타니아의 대열은 폭을 잃고 앞뒤로 늘어나 변형되고 말았던 것이다.

갑자기 오른쪽의 대열이 무너졌다. 보두앵이 진형 재

편을 명할 틈도 없었다.

"파르스군이다!"

절규가 터지고, 느닷없이 그쳤다. 짧고 무시무시한 침묵 끝에 그보다도 무시무시한 소리가 솟아났다. 파르스어 함성. 말발굽 울리는 소리. 몰려드는 적들의 선두에서 보두앵의 눈은 찬연한 갑주 차림의 장한을 보았다.

"아, 안드라고라스 왕······!"

보두앵은 겁쟁이가 아니었다. 그러나 모래바람 너머에서 엷은 칼날처럼 번뜩이는 햇살 속에 파르스 샤오 안드라고라스 3세의 모습이 보였을 때는 갑주 밑에서 소름이 돋아나는 것을 자각했다. 샤오가 직접, 위험하기 그지없는 선봉에 서서 적과 승패를 겨루려 하다니. 자국의 왕과 비교할 마음조차 들지 않았다.

'이건 이길 수 없다.'

전투에 임한 무장이 해서는 안 될 생각이 보두앵을 사로잡았다. 그러나 명예와 의무를 중시하는 마음이 간신히 패배감을 억눌렀다. 다른 루시타니아 기사들과 마찬가지로 보두앵은 이교도에게 무자비했으나 루시타니아군의 지휘관으로서는 훌륭한 사내였다.

"안드라고라스를 죽여라! 놈을 물리치면 파르스군은 무너진다. 저주받은 이교도의 왕을 지옥으로 처박아주어라!"

그렇게 외치고 돌격을 명령했다. 술렁거리는 아군을 보며 더욱 고함을 쳤다.

"안드라고라스의 목을 벤 자에게는 은상을 주겠다. 파르스 디나르 5만 닢이다. 왕제 전하께 아뢰어 백작 작위도 내려주마. 그리고 영지가 있다. 파르스의 미녀도! 그대들의 용기로 그대들의 영광과 행복을 쟁취하라!"

격려는 성공한 모양이었다. 욕망이 용기를 북돋워주어 루시타니아의 기사와 병사들은 육식 짐승 같은 포효를 질렀다. 검을 쳐들고 창을 내밀고 말의 배를 걷어차 돌진했다.

양군은 격돌했다.

이미 모래바람에 변색된 태양은 솟아나는 피로 독살스러운 암적색을 띠었다.

그만큼 처절한 격전이었다. 파르스인도 루시타니아인도 용기와 적개심을 다해 서로를 죽여댔다. 오가는 화살이 머리 위의 공간을 메우고, 창과 창이 얽히고, 검과 검이 소리 높여 부딪쳤다. 전투도끼가 두개골을 부수고 만도가 목을 양단했으며, 비통한 울음소리와 함께 쓰러지는 말의 등에서 피투성이 기수가 내동댕이쳐졌다. 인간의 광기가 말에게 전염되어 사납게 날뛰는 말끼리 이를 드러내고 상대의 목을 물어뜯었다.

"사악한 이교도 놈들을 모두 죽여라!"

"물러나지 마라, 싸워라! 침략자를 쓰러뜨려라!"

루시타니아어와 파르스어 외침이 뒤섞이고, 그 목소리는 대량의 피로 보답받았다.

누런 태양이 서쪽으로 기울어질 때까지 어느 쪽이 우세한지는 도무지 판단할 수 없었다. 양군의 전사들이 모조리 죽지 않는 한 살육은 영원히 이어질 것만 같았다. 그러나 사실은 냉철한 계산에 따라 파르스군은 루시타니아군의 대열을 변형시키고 지휘계통을 흐트러뜨렸으며 궁지에 몰아넣었다.

루시타니아군의 파국은 좌익부터 찾아왔다.

그 방면의 루시타니아군은 갑자기 출현한 쿠바드가 지휘하는 기병부대에게 왼쪽부터 측면공격을 받아 금세 궤란 상태에 빠졌다.

쿠바드는 조건에 맞는 전투방법을 잘 숙지하고 있었다. 이 경우 힘과 기세와 속도를 유지하며 적을 치고 그대로 갈라버리면 그만이었다. 잔재주를 부릴 필요는 없었다. 쿠바드는 명령한다기보다는 부하들을 부추겼다.

"다 때려잡아라!"

그렇게 외친 애꾸눈 장한은 말을 채찍질해 루시타니아군 한복판으로 뛰어들었다. 금세 수많은 칼날이 그의 주위로 몰려들었다.

쿠바드는 창을 번뜩여 루시타니아군에서도 고명한 기

사인 오르가노를 찔러 죽였다. 오르가노의 동생인 자코
모가 형의 죽음을 보고 복수심에 사로잡혀 대검을 휘두
르며 달려들었다. 쿠바드는 오르가노의 시체에서 창을
뽑더니 돌진하는 자코모를 향해 수평으로 내질렀다. 자
코모는 자기 발로 무시무시한 창날에 충돌했다. 이미
형의 목숨을 앗아갔던 창은 동생의 흉갑을 가르고 몸통
을 꿰뚫으며 등으로 빠져나왔다.

"귀찮구만. 도끼 좀 다오."

시체로 변해 지상에 쓰러진 자코모에게는 눈길도 주지
않고 종자 병사에게서 도끼를 낚아챘다. 이번에는 도끼
가 번뜩이고 울부짖어 쿠바드의 주위에 피의 폭풍을 일
으켰다.

루시타니아 병사들이 보기에 쿠바드의 무용은 이교도
의 마신이 들린 것으로밖에 여겨지지 않았다. 용기가
꺾이면 미신적인 공포가 그 자리를 대신한다. 루시타니
아 병사는 신의 가호가 자신에게 미치지 못함을 탄식하
며 검을 거두고 도망쳤다. 쿠바드는 느긋하게 병사들을
불러 크게 전진했다. 루시타니아군의 중앙부에 핏빛을
띤 거대한 쐐기를 박아넣었다.

혼란과 열세 속에서 보두앵은 필사적으로 아군을 지
휘했으나 어느샌가 파르스군이 그의 본영에까지 육박했
다. 그를 향해 바로 곁에서 파르스인들의 목소리가 날

아들었다.

"루시타니아군의 주장主將인가?"

그 목소리는 질문이라기보다는 단정이었다. 흠칫 숨을 들이마시며 보두앵은 상대를 바라보았다.

갑주를 걸치고 말에 앉은 여유 있는 모습은 파르스군의 주요한 장군임이 분명했다. 칠흑의 멋들어진 수염을 기른 자였다. 무엇보다도 인상적이었던 것은 두 손에 검을 하나씩 들었다는 점이었다. 등줄기에 전율을 느끼며 보두앵은 자신을 격려하려는 듯 고함을 질렀다.

"루시타니아군의 으뜸가는 장군 보두앵이 바로 나다. 이교도여, 그대의 이름은 무엇인가."

"키슈바드라 한다. 타히르라고 불러도 좋다. 어쨌든 내가 여기 온 이유는 그대들 루시타니아인에게서 돌려받기 위해서다."

"돌려받다니, 무엇을 말인가?"

"아트로파테네에서 그대들이 훔쳐갔던 승리를 말이다. 그대들은 전사가 아니라 도적일 뿐. 아니라면 용기로 입증해보라."

보두앵은 이런 말까지 듣고도 도망칠 수는 없었다. 루시타니아 기사의 명예가 그를 속박했다. 날이 빠진 검을 버리고 종자의 손에서 전투도끼를 낚아챘다. 말의 배를 걷어차 키슈바드에게 달려든다. 두 자루의 검과 한 자루의 전투도끼가 허공에서 맞부딪쳐 유성우와도 같은 불꽃을 쏟아냈다. 말이 원을 그리며 뛰고 한 바퀴를 돌 때마다 몇 번씩 금속성이 울려 퍼졌다. 정확하게 열 번을 돌았을 때 승부가 났다. 키슈바드의 왼쪽 검이 보두앵의 도끼를 든 손을 베어버리고 오른쪽 검이 목을 꿰뚫은 것이다. 선혈이 호를 그리며 지상으로 치솟고 그 뒤를 따라 보두앵의 시체가 안장에서 굴러 떨어졌다.

"보두앵 장군이 쓰러졌다! 전투는 패배했다!"

"도망쳐라, 이젠 틀렸다!"

루시타니아어 외침이 전장을 오갔다. 루시타니아군의 절반이 우두머리의 죽음을 알았을 때 그들은 소리를 내고 파도를 치며 일제히 무너져갔다. 전의를 잃고 질서를 버리고 공포와 패배감에 등을 떠밀려 루시타니아 장병들은 마구잡이로 도망쳤다.

"돌아와라! 싸워라! 그러고도 루시타니아의 기사냐!"

"신의 명예를 위해 목숨을 버려라! 두려워하지 마라!"

그러한 목소리도 있었으나 이리저리 도망치는 루시타니아군에게는 별다른 효과도 없었다. 지휘의 통일성과 전의를 잃은 군대는 이미 군대가 아니었다. 아군을 버리고, 갑주를 벗어던지고, 검과 창을 내팽개치고, 전우의 말을 빼앗아, 루시타니아인들은 도망쳤다. 서쪽으로, 해가 지는 방향으로.

"추격하라. 한 놈도 놓치지 마라."

키슈바드는 냉엄하게 명령했다. 현재의 파르스군에게는 도망치는 적을 도망가게 놔둘 여유가 없었다. 여기서 한 사람도 놓치지 않고 루시타니아군을 없앤다 해도 아직 루시타니아의 잔존 병력은 파르스군의 두 배 가까이 된다. 하나라도 적의 수를 줄이고, 살아남은 적에게 공포와 패배감을 심어주어야만 했다.

이리저리 도망치는 적의 등 뒤로 쫓아가 파르스군은 무자비한 살육의 칼날을 내리쳤다. 비명과 피안개가 솟아나고 메마른 풀은 인혈과 눈물로 목을 축였다.

이날, 루시타니아군의 이름난 귀족과 기사가 수없이 전사했다.

로렌소 후작이라는 인물은 말에도 황금 사슬갑옷을 입힌 화려한 군장이 주목을 끌어 파르스군의 젊은 용장 이스판에게 쫓기다가, 자랑하는 보석장식 갑옷과 함께 창에 꿰뚫리고 말았다. 이스판은 후작의 목을 취했고, 그의 부하들은 사방으로 흩어진 보석을 주워 모으는 생각지도 못한 보수를 얻었다. 보두앵의 부장部將이었던 바라카드 장군은 투스의 쇠사슬에 안면이 박살 나 전사했다.

이리하여 첫 대규모 전투는 파르스군의 승리로 끝나고 루시타니아군은 2만 5000명의 병력을 잃었다. 병사의 손실은 둘째 치더라도 기스카르 공작이 신임하던 두 유력한 장군 중 보두앵이 전사했다는 사실은 큰 충격을 주었다.

도주 끝에 도착한 병사들에게서 왕제 기스카르 공작은 무참한 패보를 접했다. 7월 30일이었다. 몽페라토 장군과 눈짓을 나눈 기스카르는 한 마디의 감상도 말하지 않았다. 부릅뜬 두 눈을 빛내고 이를 갈았을 뿐이었다. 몽페라토는 패잔병을 수용하고 부대를 재편해 다가올 결전에 대비했다.

……이때 남방 해안에서 급속히 북상한 왕태자 아르슬란의 군대 2만 5000은 왕도 엑바타나까지 50파르상(약 250킬로미터) 거리에 있었다. 또한 왕도 서쪽에 잠복한 히르메스 왕자의 군대 3만은 16파르상(약 80킬로미터) 거리를 두고 성내에 돌입할 기회를 엿보았다. 그리고 두 왕자는 서로의 군세가 같은 목적지를 향하고 있음을 아직 감지하지 못했다.

루시타니아 국왕 이노켄티스 7세가 중상을 입어 병석에 누운 현재, 파르스의 지배권을 둘러싼 모든 세력이 왕도 엑바타나라는 지도상의 한 점을 향해 돌진하고 있었다.

역사는 다시 변용하려 한다.

아르슬란 전기 6

2014년 12월 10일 제1판 인쇄
2014년 12월 24일 제1판 발행

지음 다나카 요시키 | **일러스트** 야마다 아키히로 | **옮김** 김완

펴낸이 임광순 | **제작 디자인팀장** 오태철
담당편집자 황건수
편집1팀 황건수 · 정해권 · 오상현 · 김동규 · 신채윤
편집2팀 유승애 · 배민영 · 권소현 · 박예슬
디자인팀 박진아 · 정연지 · 이신애
국제팀 노석진 · 엄태진 | **마케팅팀** 김원진

펴낸곳 영상출판미디어(주)
등록번호 제 2002-000003호
주소 403-853 인천광역시 부평구 평천로 132 (청천동)
전화 032-505-2973(代) | **FAX** 032-505-2982

ISBN 979-11-319-0382-7
ISBN 979-11-319-0376-6 (세트)

ARSLAN SENKI SERIES VOL.6 HUJIN RANBU
ⓒYoshiki Tanaka 2014
Illustrations copyright ⓒ Akihiro Yamada 2014
Korean translation rights arranged with KOBUNSHA CO., LTD.
through Japan UNI Agency, Inc., Tokyo and KOREA COPYRIGHT CENTER, Seoul